# 去个梦想的地方

王军 著

中国文史出版社

**图书在版编目（CIP）数据**

去个梦想的地方 / 王军著. -- 北京 : 中国文史出版社，2022.2
ISBN 978-7-5205-3484-0

Ⅰ. ①去… Ⅱ. ①王… Ⅲ. ①散文集－中国－当代 Ⅳ. ①I267

中国版本图书馆CIP数据核字(2022)第036992号

责任编辑：全秋生

---

出版发行：中国文史出版社
地　　址：北京市海淀区西八里庄路69号　　邮编：100142
电　　话：010－81136602　81136603　81136606（发行部）
传　　真：010－81136655
印　　装：北京温林源印刷有限公司
经　　销：全国新华书店
开　　本：787mm×1092mm　1/16
印　　张：16.75　　字数：260千字
版　　次：2022年4月北京第1版
印　　次：2022年4月第1次印刷
定　　价：58.00元

---

# 自　序

《去个梦想的地方》即将出版发行，翻阅着平时心中随情而记的心灵文字，我的心总是不由自主地泛起过去的岁月，过去的憧憬，过去的向往与希望。

那是在新县一中上学时，我常为省下八毛钱的生活费用从千斤的家里步行六七十里地来到学校。那时的路需要大半天的时间，我常是利用周末的早晨回到家里背上几缸子咸菜，好在学校填饱肚子继续求学，学点儿命运掌握在自己手里的知识。那是父亲的期望，也是母亲的期盼。他们含着苦累的心情，其实是希望我们长大学点儿本事，有点儿出息，不再像他们那样蜗居在山村里，一手扛着犁、一手牵着牛走在田地间过着辛酸的生活。

父辈的心情，我常在深夜里化作希望的眼睛，在那个昏黄的煤油灯下翻阅着求知的大门。那门很沉，读起来也很艰苦，那门是人们常说的跳“农门”。那时在山村里，若能跳出这个门，十里八里的乡亲认识的、不认识的都会投来羡慕的目光。有人说那是家中的祖坟“冒泡”，有人说那家的孩子真用心，考上学了。当生活的喜事临幸而至，因传统思维心态的认知就会被湾里人说得神乎其神。

后来，在从军的路上，我考上了空军导弹学院。当时那还是一所神秘的军中高等学府，我在那里生活着、求学着、刻苦着，完成心中的使命，挑起生活的担子。

在那个使命神圣的岁月里，我知道军人的刚毅与寂寞，也懂得成长的路上步步坎坷艰难，心中的向往时时难遂心愿。为此，我躲在连队的贮藏室里，在熄灯号响起的时候我拉起了灯绳，写下心里的故事；为此，我钻进阵地上的兵器车里，在大家周末玩闹的消遣中我捧起了书本，充实心灵的荒寂；为此，我的文章在《读者》《青年文摘》、全国各大报刊转载的栏目上发表了，入选中央电视台“首届全国电视诗歌散文展播”，出现在中宣部、新闻出版总署年度全国青年报纸刊物好新闻好作品的评奖名单上……

当心灵的雨水如同甘露洒在人生匍匐的路上时，生活的希望如同大海里的针芒给人一种无穷尽的向往。

这之间，我从空军地空导弹部队到陆军某医院，从人武部到省军区，每走一步是那么的艰辛与奢望，又是那么的倾情与感恩。生活中，我遇上了好人，也遇上了一些爱莫能助的战友；生活中，在组织的抚育下我感受到阳光般的温暖，也领略了人世间人情世故般的煎熬与无奈。那年，我调到了军事检察院；那年，在领导的关心下，我被任命为副检察长；那年，在评定检察官等级时，被最高人民检察院检察长批准为国家高级检察官。

于是，我一边工作，一边写着稿子；一边忙碌地为幸福打拼，一边存点儿闲余时间抒写心中的感慨与故事。几年一直没断，几年一直在方格子的纸上爬着心中的乐趣和自我陶醉的情怀。于是，散文《妹妹，永远的遗憾》，二〇〇四被教育部编入中等职业学校文化课语文教学用书里。于是，散文集《遥远的思絮》、长篇小说《儿子在军营》、军营警示录《无声的滑坠》陆续出版。没多久，凤凰网、人民网、网易、搜狐、腾讯等国内各大网络媒体在网页页面滚动式地强力推荐了《无声的滑坠》一书，该书被业界视为畅销书。二〇一八年十二月，《遥远的思絮》《儿子在军营》《无声的滑坠》被中国国家博物馆图书馆编目入藏。

我望着那一堆厚实的奖励证书，那些心中用汗水酝酿出的文字，我欣慰，也感叹着，生活不易，有这样的情怀更是不易。我时常在心里趋向偷懒的时候告诫自己写作还不能放弃，也在思绪有些模糊的时刻拨开心间的潮水让心情涌动。为此，我爱在出差的路上用指头在手机上敲打着文字，也爱在无聊的夜晚趴在桌前苦盯着电脑写着心中的故事。

生活的日子在风吹雨打中总是那么地平淡，在春夏秋冬中也是那么地墨守成规。在人生不知朝向何处迈步何处落脚的时候，一纸调令让我去了河北隆尧县武装部当了政委。没多久，又被任命为该县县委常委。那时，我常去乡里，也爱往村里跑。谈起一九六六年邢台大地震周总理三赴灾区，才知原来震中就是隆尧啊！当我夜读诗书翻阅隆尧的历史时，发觉那个小小的县城竟留下了五代后周柴荣皇帝的足迹。

在隆尧，当我在那里寻思后周周世宗时代是怎样的政治清明、百姓富庶的历史碎片时，中央八项规定来了，党反腐中的无禁区、全覆盖、零容忍的声音来了。因长期从事军事检察工作，并在北京召开的全军检察工作会上介绍过经验，没多久，我又从武装部被借调到解放军军事检察院负责审查起诉工作。那时，身处工作中常至深夜；那时，身在案卷中常与证据材料较真儿。

生活给了我一份幸运，也给了我一份肩扛的责任。后来军改期间军委纪委成立时，我荣幸地被选调到其派驻纪检组工作。在那里，身在高处，责任重大，如履薄冰；在那里，心压担子，守住清贫，世事如水。为此，二〇一九年被军委纪委记三等功一次。这个荣誉来之不易，也是我人生中最富有的一次奖项，因为它是来自军委纪委的奖励，也是对我工作的肯定。

记得在国防大学学习时，我对组长说："能去国防大学参加军委机关高级参谋班学习，心已经知足了。"

于是，每次出差我利用余暇的时间写写生活的一景一物、一事一悟，在世事的繁杂中自寻其乐。每每见一些文章发表在《新华每日电讯》《解放军报》《中国纪检监察报》《散文百家》、作家网，有的还被中宣部学习强国平台转载……每每读起它，心中总有一种说不出的满足感和自豪感。

于是，在文学的追求上，我也在一字一句地抒写着自己的心路历程，写出自己的心灵片语。在散文的深度上，我也想再辟新章，写出一些好文章。

二〇二二年三月

# 目录

CONTENTS

# 古城墙的诉说

在一个隆冬有日无风的傍晚，我情致有趣地登上了西安那个秦砖汉瓦的城墙。望着落日的余晖，想从城墙的砖头上翻开秦汉那段灰飞烟灭的画卷，聆听着那时的诉说。

在那里，我把思维的隧道延伸到二千二百多年的历史上，仰望着秦的统一、汉的辉煌，思索着秦的腐朽、汉的衰落。

望着那块残黑的砖头，心里迅速穿越到历史的长河中，那是秦始皇留给后人的警示吗？那是焚书坑儒时熏黑的那个墙壁吗？

历史总在建完政权后的某个时期，歌舞升平地糜烂在酒肉的文化里，也常弥漫着这种文化带来的一种令人作呕的气味。这个气味侵蚀在进取人士的意识里，让人放弃了理想，放任了自我，丢弃了巩固政权的东西，一时骄奢淫逸，穷奢极欲，无恶不作。

这个影子从秦朝的后期到汉代的末期，哪个不是花天酒地地丢了统治的地位？哪个不是骄纵放任弄丢了城墙的砖瓦，给历史留下了一场泪痕。

秦始皇见了，他会抹泪纵横；汉武帝醒来，他会击案而起。

站在墙头，轻轻地抚摸着经历过多少朝代的瓦片，我看到了古时帝王的威仪，王者的恢宏，也看到了岁月的沧桑，庸者的无能。

仿佛盛世的浓妆，旖旎在繁华的街头，飘逸着古时的风采。

据说，有人想打开秦代的王陵。是想了解那时的历史给人带来的阵痛呢，还是从古墓的陶瓷中寻一份沾喜？

生活在衣食无求时期，人容易想入非非。可正是这个非非的念头，秦朝的墙倒了，汉代的瓦裂了。那声音訇言旷世，那声音让人惊魂。

一个好端端的朝代没了，一个幸福如歌的日子泡进了血流成河的战争里。于是，历史在哭泣，城墙里平民百姓在哭泣。

或许，在那个墙头，那条细巷，飘来那个荡气回肠的秦腔声韵，让人梦回大唐，梦入复兴的路上；让人在这条古老的城墙上焕发出新的曲子，新的幸福乐园，新的抵御各种诱惑的力量。

# 身临友谊关

友谊关，这个古老的关口，多少母亲在宁静的夜晚，仰望着星空，呼唤儿子的乳名。多少妻子在相思的夜里，流淌着眼泪，搂着孩子思念着丈夫。

还记得那个老朽将领冯子材吗？那个牛拉大炮铮铮铁骨的卫国炮声，加上身躯与鲜血，也没能抵挡那些掠夺成性的西洋鬼子。国弱被欺啊！自古是这样，现在是这样，将来还是这样。

这片土地，历史上有过宁静的片刻，也有过挥毫泼墨书写友谊的历史。可历史总是那么磨难，也是那么悲壮。

望着这个忠诚的关口，虽然诉说着满目沧桑，但正义的子弹却永远捍卫着国家的尊严。这是个英雄的关口，也是一个滴满泪痕的关口。他们用鲜血夺回了那些残缺的砖头，也用忠诚筑就了这座爱国的城楼。

站在这个曾经出征反击的关口上，在那个灰色的砖头里，我听到了出征的号角声，手握明晃晃的刺刀在前线奋战的呐喊声，仿佛是昨夜的母亲用双手捧着儿子幼稚的脸蛋，在一边端详着孩儿的容颜；仿佛煤油灯下那个泪迷双眼的妻儿，手摸着军帽，泣不成声地呼唤。

我立在那里，沉思着英雄的灵魂；我立在那里，守望着忠魂烈骨。

我沉思着，你那孤胆深入的壮举；我守望着，你那鲜血淋漓的记忆。

在那个肃穆如泣的地方，我给你敬了个迟到的军礼。我的班长，我的战友，把你的枪递给我吧，我想用热血抚慰你的英灵。我的班长，我的战友，把你家乡的地址告诉我吧，我想看一眼你年迈的母亲，你艰辛的妻儿，你魂落关口的忠诚。

还记得你最后一个军礼吗？你的坚定你的铿锵转身卧立在丛林的枪林弹雨中。还记得你最后的那个微笑吗？你擦着额头上的血，抓了一把泥土闻了闻，“一寸山河一寸血”啊，转身上好了刺刀扑向了敌群。

打此，这片土地宁静了，不再有掠夺的枪声。打此，这个关口时时有人瞻仰你的英灵，让人警醒。

站在那里，我深情地注视着你，这个英雄的关口，你听到一个母亲呼唤孩儿的声音了吗？那砖墙一道道的灰痕，是军嫂抹下的眼泪，一家戍边爱国的眼泪。

# 去趟天池看看雪

天池的冬天是个什么样子？好几天了，心里一直在琢磨着，想象它的寒冷，它的银光，它的冰冻。寒风到来时，我瞅着一个雪后的天气，踏上了去天池的旅途，想了却心里的愿望，到那儿去看雪。

早晨，雾很大。公路两旁的榆树林像雾凇似的，冰丝万缕，整齐地列队在眼前的视野里，俨然像个哨兵，守候在洁白的雪地里。

从乌鲁木齐出发，大约需要一个小时的路程，就到向往已久的天池了。

天池在天山博格达峰的下面，海拔一千九百八十米。湖面呈半月形，夏天景色旖旎，湖水清澈，晶莹如玉。

在路上，我望着浓雾从雪地里袭来，担心到了天池看不到心中的雪景。

朋友说："这样的天气，山上一览无遗。"

我惊疑地望着她，天真地问了一句："真的？"

"嗯。"

"山上比下面要暖和一些。"她自信地说着。

果然，出了高速到了景区，阳光耀眼地射来，洒在满山遍野的雪上，金黄色的光线在雪地里像铺了一层金子。

我望着无云的天，瞅着河里流淌的水，那水是从天池而来，也是从阳光粼粼的雪地里汩汩而来。

沿着流水向上，那里有一个不大的池子。朋友说，当地人称它为“小天池”。

我望着那池里的水碧蓝碧蓝的，对面的山映在池里，池中倒映的一座山峰像是插进天空里，那雪在水中映出的情景，一条一条地，像哈萨克族少女身上的飘带，圣洁得像个仙女。

我顾不上欣赏眼前美丽的景色，喘着粗气一路连跑带颠儿地直奔天池边的雪山而去。

好美啊。它像一颗蓝色的宝石，镶嵌在博格达峰的雪山之中。

站在湖边，望着四周雪山环绕，不是冬天，哪有这样美丽如画的景色；不是雪后，哪有这样洁白如玉的画面。

朋友站在雪地旁边兴奋地说：“真的不觉得冷。”说完，她伸手拿着手机，在一旁自拍着。那情景，像一个活泼可爱的孩子。

我对她说：“冬天看天池又是一个味道。”

她微笑着，连蹦带跳地跑到湖的那边去了。

她去的地方，湖边的草已枯萎得发黄了。我见她蹲在那里端详着刺条上的那串红红的果实，像一颗颗红色的玛瑙缀在上面。

她不停地叫着：“你看，好漂亮啊。”

顺着那甜甜的声音望去，天池的湖面厚冰覆盖，没有山下那个“小天池”看起来明净。但阳光照在湖中的冰块上，太阳一串串地射来，耀眼壮观。

我望着远处的雪，在山的那边，一层一层的，层峦叠嶂。

朋友说，那是一朵盛开的雪莲，在天山的群峰中，酿成情人般的泪痕。

是啊！这是一颗有情人的眼泪，她滴在这样的山里，流淌在天池中，即使是一个暖冬的落日，也会绽放白茫茫的一片，像一朵天工合璧的雪莲，根植在天山的博格达峰里，即使是寒冷的冬天，也释放一份让人爱不释手的情怀，在这样雪闪银光的天里，人的心灵也有一处慰藉。

# 把窗户打开

打开窗户是让心情放飞在自由的空中，舒畅地享受一束阳光洒在红艳艳的树叶上，让心喜悦，让眉舒展，让笑声清脆。

窗户没开的时候，屋里有些潮闷，人与人之间少了往来，听不到言谈的细语轻声，闻不到高谈阔论的欢笑。这样，人会活在固执的自我中，生活会变得寡淡。

记得在一个午后的时光，友人说："你笑了。我从没见过你那么开心。"

我笑着望着他："是吗？"

"是的。一直是严肃的，从没笑过。" 他看着我说着。

我一直是不善言谈的，除那个特定的工作外。但在那个环境里，我的话能让人冒出虚汗来。

其实，在生活中学会笑是件不容易的事情，我见过那些张嘴就侃、能说会道的人，那是一种水平，也是一种能力。他的敞亮就是把心扉道出来，让人听得津津有味。

一个人的心扉是一种情结，系上容易，打开却难。如那个窗户，像心灵里的水，溢出了，想流出来时，窗户却是关着的。

那样，心思像一泓沉寂的潭水，没有生机，没有希望，没有生活的光彩。

把窗户打开，是把心灵的窗户打开，让人走在寒风冰结的雪地里，看一眼洁白的雪飘在地上，它是雨水的另一种活法，让人吸一口冷气凉到心底的那种哆哆嗦嗦。让人站在爽秋的天里，看到叶黄的憔悴，或许在心里念了一句："又大了一岁。"

树说："我又长高了一寸。"

是老了一岁好呢，还是又长高了一寸好呢？

敞开心扉，才知生活的宽敞鲜亮。打开窗户，才知外面的空气有多新鲜。

把窗户打开，是把人生的境界打开。人有了境界，生活才会上到一个层面，一定高度，若像一个小家子女人，必定身苦心累。

生活中，"天高任鸟飞，海阔凭鱼跃"就是这个道理。心灵有一个敞亮透气的地方，那心才会安好，灿烂如菊。

# 把日子过好

过好日子不是一件简单的事情，幸福需要打拼，好日子是从汗水里滴淌出来的。

过日子是一种态度，也是岁月成长的天数。善待好生活中的每一天，需要平静的心态。心态平和，自然日子就能过好。性情刚烈，脾气暴躁，日子过得会不如人意。

其实，生活中，往往不在乎一个人多么富有，也不在乎一个人多么高贵。猪肉有时也有吃腻的时候，喝碗稀粥有时也能咧嘴露出笑脸。

日子靠的是平淡，在平淡中拥有幸福的光芒，在无味中过得津津乐道。有人说，淡而无味才是生活。

一块咸菜，一个馍。生活拮据时，持乐观的心态，把每天过得仔细些。生活富裕了，也别铺张浪费，大吃大喝的。

过好日子，是件不容易的事情。天阴时，顺手能有把遮雨的伞；阳光灿烂时，去珍藏一份舒心的笑脸。所以，勤俭持家虽是祖训，在奔向小康的社会，依然是警世良言。

生活需要奋斗，努力地工作才能把日子过好。若在虚荣的时光里活着，生活会变得沮丧失落，颓废不安。

# 别把爱不当一回事

爱人，才被人爱。

爱是一种心境，也是一种缘分。它是人与人之间的善良与德行在心里的一种印象，也是人的仪表与气质在心里的一种默契，它还是一个人的教养与素质在心里的崇敬并得到尊重，相互间有一种担当，也肩负着一份责任。有的人把这种情分在心里慢慢地积攒起来，产生了好感，得到心里的接纳与肯定。于是，便产生了爱，人与人之间有了爱也就有了真情和真心。爱在羡慕和尊重间，有了情感，也在风和日丽的时光中得到温暖和甜蜜。

有人说，这种情分是上世修来的缘。

其实，爱一旦付出，应得到生命般的践诺和呵护。人有了这种恪守不渝，才能体会到爱的含辛茹苦，若能苦尽甘来，也是人生的一场守候。

我见过半道而散的人，也听过些托付终身的话语，这种爱无论属于哪一种，都容易在繁华的城市中折枝落叶，因为爱有虚荣，也需要金钱的维护。虚荣的爱让人浮躁，浮躁人的心是易变的。一个人一旦有了变心的想法，自然他的心会飘飘然。一定会假话连篇，不可信任。

这样，爱便有了距离，也有了隔阂。于是，撕下了人性的伪装，忘掉当初信誓旦旦的诺言，偏离爱的轨道，开始肆无忌惮地践踏心中之爱，把平日的温暖当成凉菜，不闻不问，久而久之，身体有了症状，家庭出了裂痕，感情遇上了旋涡，心里开始纠结。

心碎了，头发白了，昔日的财富也不再源源不断，人性的怀抱也不再增添温暖。自然，人的精神会出现菊老花黄，油干灯灭。

其实，生活中，爱珍藏得久远，生活才会处处飘香。珍惜生活中拥有的爱，人的额头才能光亮得放出彩来。

# 不要在错误的情绪中做出决定

人常在冷静时做出一些决定，但也有一些人在发那么大火时安排单位的工作。

情绪是可以收敛的，也可掩藏在平静的心里。这个收敛需要平时如饥似渴地学习，让人懂得谦逊，学会尊重；这个掩藏锤炼在个人的品行里，让人学会看待问题的高度，也可以练就处理问题的能力。

工作中，个人发怒，恰恰是能力欠缺的表现，有时也是反映个人的涵养不够，并不是显示个人的威望有多高。

记得一次与一位领导交谈，他没有客观地认识到一个问题对一个政党的影响，也未认识到一些问题曾在三令五申地强调中导致的后果。我微笑地望着他，客观公正地指出他背后不能认知的错误。他两眼发直地望着我："你为什么不拍着桌子对我发火？"

我说："那样容易做出错误的决定，对你会不公平。"

他默默地点了点头后，写下了深刻的教训。

人有善意，也有良言。情绪往往在现实的工作中容易带来悲愤，也对眼前的事给人一个下马威，虽然得到一时的痛快，但是从长远的工作角度来看也给自己带来一定的影响。

在高铁上，我见身边一个男子高声大嗓地叫着，他的举止，决定他不一定是一个主官；他的穿着，显示他的业务不会太如人意。他的叫声，是那样地轻率，也是那样地盛气凌人。他在决定的事务中，感觉没有过过脑子就在粗糙声中拍下了板，这或许是一种错误，或许明天就拍着脑门去后悔……

其实，在错误的情绪中做出决定，是一种人为的伤害。

# 徜徉在沙漠里

去塔克拉玛干沙漠的路上，我一直兴奋地想象着迷人的沙漠，那个旷野的沙丘中那片鱼鳞般的细浪。

那像是沙漠中的宠物，在静悄悄的旷野中，如金色的海浪，一眼望不到边际。我好想踩在上面，看着一股股沙粒从小脚丫中蹿了出来，瞬间覆盖在脚脖子上，是那么细腻，那么柔软，那么地舒坦，如鱼疗细啃脚掌之间。

沙漠的穿越是个什么样的感觉？当地的一个朋友告诉我，在沙漠里开车，能颠覆人对自然界的认同，也能让人知道什么是对自然环境的恐惧。

我疑惑地望着朋友："有那么可怕吗？"

他看着我反问着："知道罗布泊吗？"

"在沙漠里指北针有时是失效的。"他见我没说话，又对我说了一句。

但沙漠的那份儿神秘与险境，没有让我对沙漠的向往有丝毫的减退，反而更加让我有纵横沙漠的决心。

人常说，不身临其境，不知其深浅。不置身其中，不知其艰难。

汽车刚开进沙漠不久，就陷入沙漠里趴胎了，我下车望着车轮轱露在沙外，半截儿车胎埋在沙中，上前问道：“能弄出来吗？”

“五分钟搞定。”师傅爽朗地说着。我见随行人员一个个站在沙地里乐呵地望着，多么乐观的团队呵，脸上没流露一丁点儿影响心情的负面情绪。

带队队长对我说：“在沙漠里像这样的情况分分秒秒地遇见，大家都是专业选手，在沙漠里穿越有丰富的经验。”

话没说完，师傅把车轮胎修好了，他继续在前面的沙漠中辟路，一会儿见汽车从旁边的沙峰边俯冲下去，一会儿见他在那个沙窝里打圈。只听见他在对讲机里叫着，让我们从侧边的沙波上绕着过去。

汽车越过沙坡时，车头颠得好高，后座上的杂物在车内像飞了似的，在车里荡悠着，弹跳着，撞到车顶砰咚地响。刚越过时，见前面一道高高的沙坎，车又垂直地往下滑着，那车胎的痕迹在平静的沙漠里像条流动的沙河，在阳光的照射下，闪动着金黄色的眼睛，在一旁嬉戏地笑着。

我们终于翻出了这座沙丘，可在前面又遇上同样的沙漠险境。我见那辆陷入沙漠里的汽车轮胎在沙子里打转，随着车轮掀起的沙子有半人多高，无论汽车怎么加速，车轮胎在沙子里仍是一动不动。师傅下来对后面的车喊着，让他们过来拽一下。

于是，他们在两台车头的部位套上了拉绳一拉，汽车轮胎从沙子里爬了出来。然后我们继续在沙漠里辗转着，直冲着，滚刀着，徜徉着。

累了，我们把车停在一座沙背上。

一下车，大家顾不上身上的衣服，一下子扑在沙子上，躺进沙漠里，在那里高喊着，谈笑着，拍照着。

那沙好细好软啊，黄灿灿的。我见不远处一棵干枯的胡杨，化作一堆树骨躺在那里，心里不由得一惊。在那个年代那个岁月，这里有绿色的生命啊。

我蹲下来，仔细地拾了一块胡杨枯木，在这片一眼望不到边的大漠里，我感到了自然的敬畏，自然的莫测，自然的残阳如血。

人若在这样的沙漠里迷失了方向，那么真是可怕的事情。

我站在沙漠中，瞅着眼前绵延不断的沙峰，那像波浪形的沙波，是否就在今天晚上有一场遮天蔽日的风沙，从落日的余晖中袭来？若是那样，将是一场刻骨铭心的记忆，也是生活中一次心惊肉跳的冒险经历。

于是，把这种记忆写在坚强的脸上，让人懂得自然的残酷，自然的险恶，如初涉社会的险恶一样，让人有种神明般的淡定，一种迷途知返的警觉。

对此，这次在沙漠中的徜徉和经历，让我得知自然的险峻胜过对人恶之间的辨别。

# 成熟的经过

明来家时已是夜里，我望着他那身几年不变的黑衣服，上前接过他手上提着的黄纸袋子，放在门厅的墙角边后抬头问着他："家里都好吧？"

"都好。"他回答我的话时显得有些忸怩。

明是老家隔壁二爷的孩子。在家排行老小，他上面有两个哥哥一个姐姐。我望着他有些拘谨的样子，便提及小时候挑柴赶集的事情。

他见我还记得那时的情景，心里一下子明亮起来。我见他眼睛里流露出一种幸福的目光，在回忆着那时的记忆，一下子像打开话匣子似的，笑声弥漫着墙角。

童年的事，虽然艰辛，但很快乐。

那时，我们常鸡叫三遍起床，将山上的干柴砍下来捆成捆，挑到十里外的街上去卖。那时的柴一分多钱一斤，我们那个年纪一次只卖两三毛钱。

一次，鸡叫三遍时，我们起了床，出门望着夜空，天上的星星还一闪一闪的。我们借着星光摸着夜路，从湾里的塘埂上担起柴出发了。不一会儿，除一两声的咳嗽从前面的担子里传到漆黑的路上外，能听到的就是那喘着粗气的肩上压着“吱扭儿吱扭儿”的担子声音。那声音虽然听起来艰辛，在心中像快乐的号子，在那时肩扛的粗气声里，挑的是山里人对生活的渴望，也是一代又一代山里人育儿的心思。

那天早起，走了一个多小时的夜路，在过一个田埂上时，明的柴因未系好不小心从扁担的另一头溜下了泥巴田里，大点儿的哥哥听说后停了下来，挽起裤腿下到田里把那捆柴背了上来，那捆柴湿淋淋的，泥巴还敷在柴上。明担起大哥哥重新系好的柴，嘴里不停地嘟哝着：“今早真是倒霉，柴掉到泥巴田里了。”

快天亮时，我们才赶到街头边的集市上。

不一会儿，我们担的柴被集市上的人买走了。在买明担的柴时，那人见他的柴有些湿，不想要了。

大哥哥见后过来说：“他小，挑时路黑，掉田里了。”

见那人没说话，大哥哥恳切地望着说：“买了吧，就二十来斤。”

那人没再坚持着，提着秤称起明的柴。

那早，我们四个人花了两分钱买了一根油果子（油条当地人叫油果子），大家把油果子撕断分成四份儿后，一个个高兴地拿在手中塞进嘴里，嚼着喷香喷香的。

那时，大家从没因那样的辛苦而流过眼泪，反而舒心地张着一张笑脸，重复地担着柴摸着那条坎坷的山路，挑起生活中的担子。那担子在幼小的肩上那个压弯的摩擦声像一首山歌，在黎明的早晨“吱扭儿吱扭儿”地响着，一直响到幸福的生活之中……

# 池州的雾

一个冷冬的早晨，当我路过池州前往芜湖的路上时，那雾像云一样从路面上滚滚而来，一团一团的，犹如步入仙境，给人一种无穷尽的快乐。

那雾时有时无，在稻田里，在小路边，有时又像捉迷藏似的孩子，从这个村庄蹿到另一个村庄。

那雾一时迎面扑在脸上，雾气中的水湿湿的，潮潮的，在寒冷的冬天让人感觉又是那么地润滋，那么地清爽。

是什么雾让这儿的山如此灵性？是什么雾让这儿的村庄如同仙境？是开放给村民带来红红火火的日子吗？是改革给村里带来幸福如潮的歌声吗？

望着那些悠闲自得的村民，如同神仙般的生活，嘴中哼着黄梅戏的曲调，从身边的雾中欢快地蹦着跳着，就是神仙也羡慕三分啊。

这雾像政策的恩施，又如春雨般的润泽，惠及乡村，厚实村民。

我望着那些丝丝缕缕的雾，从村中环山而去，瞬间从山脚下飘到山中，那么如痴如醉，魂牵梦萦。是长江的水描绘的画卷吗？是黄山的松飘来的笑声吗？

那山在雾里，又露出雾中。像山水大师的泼墨，又似天公施舍的壮阔美景。

我伸出手，想抓住它，它却从手指中滑走。我伸出手，想拽住它，扯住了这头，又顾不上那头，它淘气得像个孩子，轻轻地从身边掠去。有时，它又回过脸来，俏皮地蒙住你的双眼，戏弄着一下开怀的心情。

有人说，是山的灵性给这片土地的灵气。灵性是福啊，养育着这片土地，也润泽着善良的人，释放着人性中的大气之怀。

这是池州的雾，天降如斯的雾，让人向往，让人暖冬，让人如神仙般地漂泊，过着轻柔如纱般的生活。

# 初登慕田峪

长城的雄伟在我的心里是那么伟大，那么逶迤，那么地遒劲，它像根深植于黄色的皮肤里流淌着民族坚强的血液。

初登慕田峪，当我满身酸累地爬到长城的台阶时，见那一块块风残的砖头，露着一层灰白的石灰，便伸手轻轻地一摸，却听到这道厚墩的城墙如风雨般的哭泣。

那泣声哭诉着弱者遭欺凌的苦难，那泣声诉说着国强民安的安详。

长城，这座用中华民族意志垒起的防御力量，在风残云变中经历过岁月的沧桑，在硝烟弥漫中经历过血与火的磨难。我回顾历史，那一块砖垒起的是民族的气魄，那一层土涂抹的是中国人的脊梁。

我走在这条钢铁般的砖块上，思索着幸福的由来；我站在这个瞭望的哨口旁，凝视着国弱给百姓带来的创伤。我曾用心翻阅着我们的历史，了解霍去病的故事；也用心品读过秦始皇的统一，在战争给人们带来无比沉痛的创伤时，防御更是一种保家卫国的选择。

我们在和平中反对掠夺，也在幸福生活中加强自身的防御。我们不怕硝烟，我们更渴望天下永久太平。

我们的长城曾在没落的封建王朝时代几起几落，也被西洋的毛胡子、东洋的鬼子拿着长枪短炮烧杀抢掠。

那时，我们不是因为人多，而是帝国主义的扩张侵略，长城才在历史中受到从没有过的摧残。那时，风里散着血味，雨里含着悲凄。于是，长城的灵魂示天怒号着，凝聚着中华儿女的心志，那心像一块块砖头汇集的力量，舍出生命浴血奋战着，抵抗着，保卫着。

我站在城墙上，追思着那段历史的同时，又被蜿蜒雄伟的画面所惊叹。美如壮阔，壮似斑斓，在民族的节气上，在中国的脊梁上，在历史的阵痛上，像一道铁的规矩，不可触碰的底线；像一条圣明的纪律，不可逾越的鸿沟。

我走在这条象征着中华文明的壁垒里，想找一块残缺的砖头，闻着烈士的血味，把他的灵魂安放在天堂里；我细摸着那点儿斑白的石灰，让它化成泥浆染成墨色，披夜撰写英雄的故事。

于是，我见两边血染的树叶，那么红红一片，真的美丽如画啊！在微冷的冬天，让人感到祖国的春天。

于是，我珍惜着每一刻的幸福时光，也把握着每一份恩情和善良，像那块城墙的砖头，任风吹打，任雨飘落，在寒冬的腊月里，挺着做人的脊梁。

# 大槐树的夜话

每当夜色临近，房间里散发着昏黄的灯光时，我的心思总是在不经意间落在一棵树上，一棵被称为根的大槐树。

那个传说的大槐树有辗转迁徙、繁衍生息的故土别离的故事，也有逃避战乱、躲避政治纷争历经磨难的生活所需。

在老家那个山坳的拐弯处，我常走在那棵三人抱的槐树跟前，瞅着伸向天空蓬勃密匝的枝丫，听着一位奶奶的讲述。

那故事很是辛酸，扎心苦楚。她说是奶奶讲给她听的，也希望她的后人能从传说的情丝中深知祖辈的艰辛，祖辈的无奈，祖辈那份儿肩担的责任寄望的未来。

有时，我也在村头的那口老井旁，瞅着清澈的井水，潋滟的波光。见井边青苔爬满井口，心里却眺望着槐花飘香的季节，静候着岁月扮装的童话般的世界。

为把这个童话般的世界清清楚楚地记在故土思源的心里，在一个冷冬的日子里，我跑到了这棵“七男一女”抱的大槐树下，把思维穿越到时空的古槐树跟前，望着它沧桑的树枝，枯竭的树干，我看到了历史纵横交错的大河中男耕女织的时代。瞅着它裂掉的树皮，难掩的根枝，我看到了每次战争带来的创伤，那种骨肉别离的泪语和襟怀。

历史上，中国有三次人口大迁徙的记载和传说。每次迁徙的悲凄，如同大河交汇后的分流，蔓延一路的伤痛，有时逶迤成支，纵情渠沟，回谷溪涧。那伤痛抹在祖辈的心口上，却又给后辈带来一派福享天长、桑田佳佑的繁荣景象。

那种命运的驱赶，是王朝贵族的乐见；那个荒野成村的居住，是生存无奈的选择。

有人说，迁徙是疆土的拓展。也有人说，迁徙是人口分布中的环境改善。现实中，不是生活所迫，谁又愿意离开故土而居？不是生存所需，谁又愿意相亲相邻般的亲情割舍？

在洪洞，我看到了魏晋南北朝时期西晋末年北方的大乱，也冥冥中看到公元八世纪安史之乱时，大批南下逃亡的居民命悬一线；那一幕幕是血的历史淌出的人文记忆，那一篇篇是诗的悲壮圈画的一点点家园。有人说它给民族的繁衍带来一种新的繁荣，也有人说它促进了南北方的融合，以及人与人之间带来的经济发展。

历史总是在一种蹂躏的残酷中，让弱者没了尊重。也在逃难的途中，让活着的人学会了理智，有了坚强。

若在战争的途中或是战乱后的生存之道需要拥有一块栖息之地，那么，这种逃亡是没有人性的，也是一种超现实的生存。

所以，每当夜里那棵大槐树在与月哀鸣，与星洒泪。它多么希望一个国富民强的岁月啊，又多么向往一个国泰民安的年代。

那时，即使是政策的迁徙，也是一路高歌如潮，欢笑似舞。那样，人类才会文明地发展，大槐树下才会真正地荫室乐康。

# 大漠胡杨

在塔克拉玛干沙漠，当我用目光触碰到那些横躺在沙丘上的一根根胡杨的残枝时，我的心为之一振，是什么力量能这样地摧残生长在沙漠中的胡杨呢？是年轮的岁月撒下的无情，还是自然界适者生存的法则，让它枯竭地化作大漠中的一片忠烈？

在穿越塔克拉玛干沙漠的途中，我真正地见到了大漠中的胡杨，它的忠魂烈骨，与风和沙的抗争，与日和月的争鸣，但最终也没能摆脱自然界的厄运，在广袤无垠的沙漠里，处处流露着一颗不屈的心……

有人说，大漠中的胡杨一千年不死，死后一千年不倒，倒了一千年不朽。

在沙漠里，我望着这边一堆、那边一棵的快成化石的胡杨枯枝，在干涸的沙漠中依然能看到它顽强的力量，蓬勃茂盛的根系与枝叶；依然能想象它不畏如火的骄阳，不惧沙的凌辱。

我吃力地踩在沙里，一步一步地走上去，站在那里，见它的树干被风侵蚀得一条一条的，它却是那样安详地躺在沙里，无怨无悔，不惜生命。

我伸手从沙漠里抽出一枝，在眼前端详半天，它的皮不知何年何月已被那肆无忌惮的风剥得一干二净，像一根白骨风化在沙漠里，它干裂得像千沟万壑的缝隙，又像是渴盼着雨水的精灵。

不远处，一棵半人高的树干立在细软的沙漠里，看起来俨然像一个哨兵，彰显那时的威风和个性的尊严，又像是在挺立地阻止着风沙的扩张，在那里露出一身沧桑的身躯，忍受着风的凌欺，沙的肆虐，煎熬着日的烈焰，月的摧残。我伸出双手一抱，那棵枯树干一抱还没抱完。

为此，心中不由得思索着那个年代那个岁月，这儿的树木是多么地茂密，在河边应是一个缤纷绚丽的世界。

我细细地瞅着那根不朽的树干，那裂开的木纹像石灰浆一样，在沙漠里干裂得像一根雕刻的石柱。

那时，因为这样的胡杨在，沙漠的生命就在。那时，因为这样的胡杨茁壮，日月才把风沙掩埋。

但自然界福祸相依，当祸害到处横行时，那片胡杨的枝繁叶茂被风干得只剩躯干的尊严。即使化作一根不朽的木头，也屹立在狂妄的沙漠里，向天怒吼，向地瞪目，向风沙无畏无惧，并给后人留下一个思索的梦想，一份不屈的坚强。

于是，我放眼瞅着望不到边际的大漠，谁能忍受这样的环境，这样的荒漠，这样恶劣的天气？是胡杨！那个大漠风化如骨的胡杨。无论千年，还是日月星辰的变换，希望自然界有那么一天，能滋润着那堆古木，那片朽杨，在大漠里茁壮地成长，真的有那么一天，给人类一个朽木逢春的时代。

那个时代，在回来的路上一直在想，还梦幻般地从心灵里呼唤，那个曾在大漠蓬勃生长的胡杨，像那样的年代。

# 大榕树的声音

从月亮山到大榕树只有一山之隔，那是一条忠贞不渝的爱情之路，也是一条幸福生活的路，一条传说的情感之路。

在一个元旦快要到来的时节，我带着童年的歌谣去了那里。那里是甜美的爱情故乡，也是心灵中向往的地方。

在榕树下，我见那棵千年古树根深叶茂，生机蓬勃。那是刘三姐甜甜歌声润泽的爱情之树吗？还是莫老爷财大气粗地欺男霸女的见证？

我想，那是月亮山情郎追求幸福生活的见证。不然，一九七六年二月，那个美国极品男儿、时任总统的尼克松访华时饶有兴趣地登上了此山。那是月亮山的情声打动了这位“情男”式的美国总统，也是这个幸福的爱情梦萦在他的心灵里。

在那里，那个停靠的竹筏旁边多了些后人吉祥如意的笑脸，我听着那首“人间没有好茶饭，只有山歌敬亲山”的曲子，那动听的歌喉甜甜地飘进儿时的记忆里，也飘进家乡的梦境里。

在这块儿时似曾熟悉的土地上，我漫步着。可心思早就随着那优美的歌声，沉浸在昔日向往的情怀中，那首山歌，那个故事，在那个年代催老了多少多情的男女，激荡了多少梦中情话。

于是，我想从那首悠长的山歌中，寻找大榕树下那个月光柔柔的夜晚，那个美丽动人的身影，想倾听她的歌声，她那个自由爱情的故事。

那故事在这棵千年古树的繁衍下，歌声穿越那座爱情的山峦，飞越漓江边上，飘进山旁的村寨里，孕育了一代又一代的壮族儿女，书写了一个又一个的神话故事。

那些儿女带着大榕树的歌声，带着勤劳辛苦的双手，带着古老的神话，沐浴在改革开放的时代里，自由幸福地歌唱壮族儿女的山歌，歌唱美妙绝伦的大榕树下的生活。

那是大榕树下的声音，是那个千年古树下传说中的情声，也滋润着千千万万个自由飞翔的爱情。

# 淡泊生正气

做人如兰，淡泊自然。

自然界中，一个人的能量涉及多远，缘于一个人的品行。品行高尚，其声令行；品行卑微，心术容易东邪西歪。

在万物势利与好恶之中，有人饮小盅而博其好，有人贪大杯而入其怀。世事有纷争，人言尽其善。在众多的利益中，拥有属于自己的那份足矣。不然，树大招风，心贪难眠。

生活中，一个人心静如水，再富丽堂皇的东西也诱惑不了心灵。这种心灵靠什么，靠正气的呵护。人身和心有正气，方能远离势利，远离浮躁，远离名利带来的恶果。

其实，势利这个东西，人人都心间藏之。有了它，世间才有了圆滑；有了它，人间才有了争斗。有的圆滑得不分东西，有的争斗得不分是非，阴险狡诈，恬不知耻。

于是，在这个物欲横流的社会里，需要守住心灵那块宁静的地方，让心清澈而又明朗，让身干净而又利索，心怀恬淡，宁静致远。

这样，才能培育心中的正气，做到静以修身，俭以养德。这样，才能洁身自好，不为人掳。

所以，正气是靠什么来？靠的是平时的一点一滴的养成与生活的积累，靠的是孜孜以求、诲人不倦的心态。

人有向上的精神，才有淡泊名利的志向。这个志向蕴藏着浩瀚无垠的光芒，能驱动人心向善，人心相向，汇聚宇宙的能量。

# 德天跨国瀑布

在一个冰冷的冬日，我收拾了一下往日的心思，扛起了多年未动的背包，去了那个遥远的地方，那个中越边境横跨两国的瀑布跟前。瞅着它，那归春的水像历经磨难的洪流，从天而泻，激动地奔向母亲的怀里。

这个世界排名第四、亚洲第一的跨国瀑布，在云贵高原南沿儿广西大新县中越边境线上，它距南宁市二百一十多公里，被誉为“中国最美丽的瀑布”。

它的源头处在景色秀丽的鹅泉上端，水经越南境内，又流回我国，当地人称它为归春河。

河水流向德天村时，断崖式地跌宕下来，那瀑布气势磅礴，历经险峻，大面积的急流在德天一波三折、层层叠叠地直扑下来，轰轰隆隆的，像是告诉母亲，我回来了。

我站在远处，尽情地聆听着它的倾泻，它的曲折，它的波澜。

那水像崭新挂上的白色纱帘，在百草相间的石岩中，滚滚地从边境线上向我们亲切地投来目光。那目光是那样地坦诚，那么地壮观，释放仁德之怀，难怪人们称作它为德天大瀑布。

目视着从悬崖倾泻的河水，这样的气势，这么的宽厚，对面那点儿小样的动作还能阻挡这个磅礴的力量吗？

我见泉水急流而下时，迅速在深潭里平静下来。我便上前蹲下身子，默默地注视着，想从清澈的水中看清它的千辛万苦，想从飞溅的雾水中感受到它的酸楚别离。

或许，那旁边的战壕叙述着它历经沧桑的历史。或许，这和平的阳光给它一丝丝慰藉。

我站在瀑布下，正望着它那副庄严的姿态时，突然见一个跪拜的老人，起身在岩石的边沿接着水喝，那是什么样的情怀能让这位老人有如此的举动？

我默默地望着老人亲吻土地的壮举，本想上前一步探个究竟，但我怕那只不知深浅的脚步，惊动长者的心灵，怕他流着一双滴水成河的热泪。游客中有人说：“那是一个越战老兵。”

我想，他心中的泪，像这条归春的河，从奔腾中咆哮而来，从急流而下中寻一处平静，一份安慰，一份缅怀。

# 冬到沙漠看日出

心里一直有个想去沙漠里看看日出的想法，瞅瞅沙漠里的那个日出，露出沙峰时那一刻的壮观，那一瞬的迷恋，那一种让人心爽的高声大喊。

于是，在一个天还没亮的早晨，我们从库尔勒开车去了塔克拉玛干沙漠。

朋友说，沙漠里温差比较大，让我多穿点。

我望着朋友说话时嘴里冒出的白气，心想要去的那个沙漠一定很冷，一定会冻得人哆哆嗦嗦。尽管这么冷的天气，我还是坚持要到沙漠里看一看，看看沙漠的早晨，是否有薄雾般的迷人；看看那个用生命与敬畏捍卫的每一寸疆土，是否在晨曦的霞光中能折射出战士坚守的职责。

车走了三个多小时，要拐弯往沙漠里行进时，天开始露出鱼肚白般的微光，在东边的天际边，像一条微弱的灯带，一点一点地向沙漠里吐来。天有些亮了，黑夜慢慢地被微露的晨光驱散，洒在眼前的沙漠里，能影影绰绰地看到沙漠的宁静，沙漠的惺惺相惜，沙漠的平静似水。

我摇下窗子向外望着，好冷啊。一股冰冷的空气从沙漠里向车内袭来，我见汽车在高低不平的沙漠里颠簸着，及时摇上了车玻璃。我们想等太阳快要出来前，赶到对面的那座沙丘上。

我在车里，一边看着前面的沙沟，一边望着东边日出的方向，急切地在车上像要跳下去似的，心早在对面的沙上，凝视着红彤彤的太阳。

约莫过了二十分钟，汽车从沙谷的底边向沙峰冲去，透过玻璃窗回头望去，那扬起来的沙像雾一样弥漫在沟里，如烟似雾。待车稳稳地停在那座沙峰上时，我急不可待地打开了车门，迅速地从车里跳了下来。

“好清新的空气啊。”我踩在沙子上回头冲着车内的人叫一声后，急急忙忙地跑到那棵干枯的胡杨树旁，看着东边的亮光。

晨光渐渐地从天边散开。天亮了，亮得似一堆炉火烧来，亮得像一曲多情的歌声，从那边传来。

这时，不知是谁叫了一声，“好冷啊”。

我回头一看，见他们在车旁搓手的搓手，有的还捂着耳朵在那里哆哆嗦嗦的样子，没敢多瞅。我怕东边的太阳冒了出来误了观赏的时间，又及时把头扭了回来，看着东边的亮光。

“出来啰！太阳快要出来啰。”我兴奋地叫了起来，快乐得像个孩子。

那东边的红像血染的，映在沙漠上，是那样地热烈激情，又是那么地酣畅淋漓。

出来了。红红的，露出了一点边儿，像人慢慢地从口中吐出的红舌，冉冉地升起。我见太阳升起来了，彤红彤红的，没有一点光泽，也不刺眼睛。好想把它捧在手心呵，揣进怀里，天天与日同享。好想把它含在口中呵，吐在阴雨连绵的天气里，让雨停歇，让雾吹散。

我瞅着那个圆圆的太阳，慢慢地，开始喷薄着滋润万物灵魂的光芒。那光芒像火一样喷发而出，洒在沙漠上，瞬间沙漠像金子一样辉煌。

我走在沙漠上，伸手抓住一把沙子，那沙细细的，从手指的缝隙中溜了出去，在晨曦的霞光中是那么地轻盈，又是那么地从容飞落。

好美的沙漠啊。红彤彤的，我见太阳的红霞辉映在沙漠里，那沙丘上似鱼鳞般的细纹，在霞光下闪动着，似海浪在沙漠里，一层一层地涌来，勾画着美丽的世界。

不一时，远望去，那沙峰叠加着，起伏着，连绵着，像初几的月亮，在冷冬的早晨是那么清晰安逸，又是那么清静透明，没有一丝丝袅袅飘起的炊烟，也没有人嘈狗吠的忙碌声。

其实，冬天到沙漠里看日出，是一种思维的凝聚，也是一种挑战中的想象。它不似日落，看到的是太阳的光芒被沙漠吞噬的情景，给人一种黑暗，一种寂寞，一份茫然。

而早晨的太阳却是一份阳刚，一份喜悦，一种干劲儿，一身热情和阳光。即使是寒冷的冬天，在这样荒无人烟的沙漠里，也是一份乐趣，一种意志，一种考验。

所以，在这么寒冷的冬天，这样的一个早晨跑到这样的沙漠里，望着红彤彤的太阳喷薄而出，是多么地惬意，多么地洒脱，多么会享受的一种人生态度啊。

# 冬到乌鲁木齐

立冬快一个月了，突然有种想法，想到乌鲁木齐去看看，想吃那里的烤串、那里的炒饭，看那里的民族特色。

说要去的时候，天下了一场大雪。新疆在下，北京也在下。去新疆看雪是不是另一种心境？

于是，在飞机上，我见无云的天空下面是座连绵不断的雪山。那雪在太阳底下银光闪闪的，一路铺盖到新疆的机场。

想吃新疆烤串已是多年前的心愿了。多年前想吃，一直没有这么个奢侈的机会。

那天，与朋友无心地冒了一句："去新疆吃串吧。"

"好啊。"朋友回答着。

"那就走。"朋友见我说的是真的，二话不说，直奔机场，坐上了飞机来到乌鲁木齐那个烤串的步行街，望着那个煎馍、那个手撕鸡块，口水直往嘴里流。

不知是吃饱了，还是人有精神，站在这个遥远的街头，即使是下雪的冬日，也没觉得天气有想象的那么冷了。

在步行街上，我见游人端着那么大的一盘鸡放在桌上，热气腾腾的，好香啊。站得那么远，竟闻到了盘中的香味。

我不假思索地挑着自己喜欢的特色美食，一会儿这个也要尝尝，那个也要品品。哇，好美的肉串啊，那么一大串。

朋友问：“吃得来劲儿不？”

我说：“吃得真过瘾。”

吃吧，望着街头没化的冬雪。这样的天气，这样的日子，这样的气氛，在这样的异地与友人撸上两串儿，生活美滋滋的。

# 冬　日

天已到晌午了，太阳还是那样没有温度地射来，我坐在门前的排椅上，一点点儿微风，身子感到凉凉的。

今天是立冬的第二天了，门前的草变得枯黄，树叶也有些急躁，黄的、红的、绿的落了一地，那群麻雀也急急忙忙地从那边的栏杆上飞了过来，扑在眼前的树底下，在草丛里啄起食来，门口的那边有几个老太太在晒着太阳，不停地传来谈话间的说笑声，那声音很亮，在微冷的风里能听到心底里的温暖。

不一会儿，一个小伙子从门前的步道上跑了过去，嘴里喘着粗气，脸上冒着热汗。紧跟后面又有一个女士在慢跑着，她的步速显然没有小伙子快，她们在一圈一圈地运动着。

不时，一阵风过来，身子冷冷的。

我坐在太阳地上，觉得没有一点儿往日暖和的劲儿，见太阳那样懒散散的，周围“毛毛”的像夜间月亮，起身吊了一下单扛。

那太阳终究在冬后的天里，似乎没了温度，也像失去了光泽。记得李白在立冬时有这么一首诗：“冻笔新诗懒写，寒炉美酒时温。

醉看墨花月白，恍疑雪满前村。”

冬日是把温度藏了起来，等待开春的日子，放出暖和的风。难怪李白那样写，天冷了，人的思维也有些僵化地偷懒了。

望着快过晌午的日头，眼前还是那么冰凉，若是在老家，会是围着火炉拉家常了。

# 冬日壶口

站在壶口，那冷冬的日光落在身上，被冰冷的风吹得没有一丝暖意。

我望着咆哮的河水从河床的上游奔腾而来，在形似一把水壶的口边倾泻而去。那声音如雷鸣般的巨响，轰隆隆的，像驰骋在疆土上的一群狂奔的野马，气吞山河般地卷来，在河底嘶鸣地呐喊，河水从壶底惊起的水雾，越过河岸，直扑在脸上，凉丝丝的。伸手摸着脸上细丝般的雾水，有点细沙的滑润，瞬间在手指间化作一丝冰霜，凝聚着一曲黄河的歌谣。

望着这条奔流不息的河水，那湖的涟漪、潭的宁静、溪的清秀、雨的细织，一下子让我对水的气势、水的磅礴、水的凶猛、水的怒吼有了新的感观和思维，也从另一个角度认识到水的平静、水的柔情、水的婉转、水的迷恋背后的壮阔和惊叹。

那个壶口，在那段黄河上，它是母亲的汁液倾泻在华夏大地书写波澜壮阔的画卷，也是滔滔不绝的大上之水洒在人间给人一种无与伦比的快乐和希望。

它的奔腾，是向人展示一个民族的坚强；它的呼啸，是让人领略一条江河的震撼与浩荡；它自带一股正气的力量，也自存一份华夏文明中的善良。这份力量，来自华夏大地的正气凝聚，也是中华民族灵魂的一种气息。这种善良，是五千年华夏历史的文明汇聚而成的，也是勤劳勇敢的子孙一个传世之宝。

站在河边，瞅着那个赶着毛驴的老人，从他沧桑的脸上，感到这条黄色的河水为两岸的儿女在川流不息地劳作；从他那件雪白的羊皮袄上，我看到了秦晋之地那个花好月圆的夜晚，人们洋溢着幸福的笑脸。

这笑音，是母亲的心声；这幸福，是河水流下的一种文明的传承。望着壶口的河水东去，这世上，还有这样幸福的歌声吗？这世上，还有这样滚滚东去的黄河之水天上来吗？

正因为这是一条黄色的河水，才滋润着黄色的皮肤。正因为"君在源头我在尾"的爱情，才孕育着一代代优秀的儿女，在千沟万壑的村庄中，塑造着华夏文明的脊梁。

为此，即使在寒冷的冬天，壶口依然在为黄河绝唱，为幸福的子孙奔流不息地激荡。那奔腾，是母亲的声音、母爱的胸怀。

# 读书长才气

书是什么，是开启人生的金钥匙。读一本书，有一次体味，读一本好书，长一次精神。

人有了精神才有才气。反之亦然，人有了才气才会精神。那么人的才气是从哪里来，是从读过的书本中来，是从好书中的智慧炼狱而来。挫折时，它让人懂得珍惜眼泪；幸福时，它让人清醒理智。

因为书，是一种知识，不识字的人读了它，懂得更好地生活，有涵养的人读了它，让复杂的问题简单化。

因为书，是一种营养。饥饿的人读了它，身上有力量，饱食终日的人读了它，有了居安思危的观念。

因为书，是一种快乐。贫困的人读了它，看到生活的希望，富有的人读了它，有了济世的向往。

因为书，是一种智慧。挫折的人读了它，增添了生活的勇气，理智的人读了它，能撬开人类灵魂的思想。

读一本书吧，在那个知识打扮起来的书店里，有一份生活的阳光，打开它，人便有了自信和坚强，希望与梦想。

捧一本书吧，在那个高耸的书架上，有一个哲理的故事，翻到它，人便有了良知与聪慧，理想与抱负。

那种理想能让你精神，那种希望能让你长才气。才气在哪里，在飘溢的字间里，在墨香的行距里……

# 鹅　泉

去鹅泉是个冬日的早晨，走出大街见天阴沉沉的，远处的山被雾环绕着，朦朦胧胧地显露在眼前。

心想，这样的雾天，不知鹅泉是否能披上洁白美丽的婚纱，迎接未曾见过的痴心情郎。

在靖西，鹅泉是一个美丽的传说。它距县城四点五公里，无论春夏秋冬，晨起暮去，都给人一个美好的印象，一种朦胧的记忆。

据清代道光《归顺州志》记载："鹅泉水在城西南十五里，世传有杨媪于野外拾得二卵，以苇覆之出二鹅子，养之泉地，鹅搅水成潭，深不可测。"故曰鹅泉。

这个鹅泉，就是德天跨国瀑布的源头。这股清泉流经越南后，又从德天流回祖国，在那里人们称它为归春河。

在德天瞅着那条碧波荡漾的河水，思念着它的源头，才知山的灵性，水的归宿。

到鹅泉时，天仍是雾蒙蒙的。我见大雾时而从天上泻在山头，浓浓的，像一个灰白的罩子，盖住了山的丑态，山的狰狞。那雾似纱又时而环绕山体，投怀入抱，不愿意离去。

那边，雾有些散了，山的俊美扑在清澈见底的泉水里，像一座锥体倒映在水中。那雾在锥尖上缭着，不愿揭去神秘的面纱。再看泉中，那雾飘进水里，天上一个，水里一个，极像是一对连体姊妹，守护着鹅泉的生命，也见证着鹅泉旁边那个壮族村寨的风风雨雨，喷薄出幸福的未来。

在泉中，那一缕缕的雾气从山那边扑地而来，掠在泉水上，轻轻的，生怕惊动这美丽的泉水，搅动泉中的倒影，让青山迷失，让美景失色。

望着雾中吐露的山峰，我以为是江浙一带的山水漂泊到鹅泉的边上，又像是桂林的山水，跑到鹅泉戏耍来了。

我见那边山水一色，鸟惊雾起，山扑水中，水藏山里，如画的风景似仙又似川。

在四周环绕的山川里，那雾像披在川上，轻轻淡淡，唧唧哝哝，水墨丹青般的颜色，涂抹着迷人般的秀丽。

影影绰绰中，那鹅的翅膀张了开来，扇动的羽毛从清泉的水面上漂了起来，像一层白纱，落在不远的山中。不一时，那山里传来鹅的欢叫声，那声从源头穿了过去，倾泻到归春的河里，给人一种归途的向往，一个温暖的怀抱。

温暖在鹅泉的暗道里，散发着美丽的传说，也书写着动人的故事。

那故事在壮族姐妹的温情里，挥动着轻柔的衣袖，在泉边呼唤着哥哥的名字。在那个如纱的傍晚，或是月儿升起的夜里，聆听着鹅泉的心音，期盼着阿哥的到来。

# 翻越那座山坳

儿时常在肩上挑起生活的担子，到山里边拾一担干柴挑到街上去卖，换个零钱好为生活急需所用。

山里离村子很远，有二十几里的路程。在回来的路上要经过一座山坳，过这个山坳就到家了。

记得很小时，与父亲一起去山里边打柴，每当累得挑不动时，父亲鼓励说，过了这个坡，翻越那座山坳就到了。

那时，我随着父亲时常挑起家中生活的担子，去山里的树林里拾些干柴，担回家里换些油盐钱或准备些秋后上学的费用。

每次从山里回来时，得爬一个山坡。然后，翻越那座山坳就能看到家在不远的地方。于是，那座山坳便成了卸下肩上苦累担子的奢望。所以，每次到了那儿，心中看到眼前的希望，也想休息一下，喘口心中轻松的气息。

有时想，生活的山坳，爬过那道坡就没多远了。可人生的山坳却很漫长，它像一条不知源头的河水，在曲曲折折的山涧中流淌着，又像是昨夜的风不知飘落地吹着。

生活需要一个山坳，它是人生的一块栖息之地。这块休息之地是一个港湾，又是一个避风的处所。风大了，可以停下来，瞅着生活的希望。雨下了，有把避雨的伞，生活会随遇而安。

在那样的山坳里，我曾经在山沟里喘着粗气巴望着，也在艰苦的路上努力地前行着，有时想翻越心中的山坳，但终究艰难地费着力气，感觉翻越的不易。那时，生活充满着苦涩，像是在成长的路上碰上阴雨连绵的天气，那路又湿又滑，让人望不到底。

慢慢地，在那种生活中，我在肩上学会了扛着担子的轻重，也在心里琢磨着能力的大小来，试着在春夏秋冬的时光，找一双合适的鞋子，穿在脚上，翻越那座山坳。

那座山坳，不远。在人生的路上，它需要智慧的力气，也需持久地坚持，在咬紧牙关的那一刻，终会看到家近了。

其实，是幸福近了，生活的乐趣近了。

# 凤凰涅槃

昨天，一位三十多年未见的高中同学说要来京转转，我理好众多的头绪后，晚上与他见了一面。

于是，我给在京的老乡高中校友苏锡江去了一个电话，他说郑新业可能不在北京，让我试着联系一下他，想一起相邀而叙。

新业是人民大学某学院的院长。他在人民大学这所高等学府里钻研着经济领域中的学识，领会着绿色开放的思维，在众多的学者面前闪烁着时代需求的智慧。

他是从大别山区新县山村里的一个土窝窝里走出来的，那里曾经是靠吃红薯过日子的。当他牵着牛走在乡间的田埂上时，人民大学是他做梦都想不到的天堂。

于是，他刻苦着，从稻田飘香的稻穗中品尝着泥田里插起秧苗儿时流着汗水的艰辛，从山窝那一层晨曦露白的霞光中回味着起早贪黑的父辈给孩儿的一片希望。他望着繁星如灯的夜晚，摸着山坎边的小路，在迷茫与向往之间，接起了父辈的重担。

他在努力中匍匐前行，又在感慨中迷失信心。高考那年，他的试卷没有想象中的那样成绩优异，他名落孙山了。

于是，在无奈的生活中，他回到了抱着寄予期望的家里，依旧躺在那个虽暖身但心感不屈的被窝里，在父母无光的脸上，喘着乡村泥土的气息。

他沉闷着，牵着一头牛在田埂上来回地走了好多趟。有时站在肉铺的面前，他不屈的心，却闻到大学的墨香。他洗净身上那件汗渍斑斑的衣衫，拂去心中那片丧志的尘埃，在寒冬腊月的深夜，点亮煤油灯在一张破桌子前啃着生活的希望。他如饥似渴，拨灯点蜡；他不依不饶，浴火重生。

他要改变小时放牛时的命运，那个望着这顿愁那顿的生活；他要学习蝉的精神蜕变一层壳，让知识改变未来，让学识掌握命运。他刻苦了，奋夜不疲，再次高考，他的成绩改写了自己的前途，使山坳中那个土窝窝的乡村里飞出了一只金凤凰。

土窝里飞出来的这只金凤凰，落到人民大学那个摇篮里，他苦钻了经济，也深研了人文。

在把控国家经济命脉的学知和见识上，他孜孜不倦，矻矻以求。无论博学，还是在“一带一路”政策的讲堂上，他总是笑出那张皱褶的脸，稳重而又坚强，像凤凰的羽翼，烂漫在天空的云彩里，给人一种无穷无尽的力量。

# 把握心间的善良

人心向善还是向恶，早已不是什么探讨的说教与诱导，也不是非要偏向一方的纷争与说辞。

人生在世，有人忠厚老实，一心从善；有人心怀叵测，不见日月。

对于善恶，早在春秋战国时期，我们的先哲已有了思想与界定。老子倡导上善若水，“善者吾善之，不善者吾亦善之。”

孟子主张人性本善，“恻隐之心，人皆有之；羞恶之心，人皆有之”。生活中，当善意驱逐心中那一丝丝泛起的邪念时，善良如同灿烂的太阳能驱散一切阴沉的天气，给人一种喜悦的心情和幸福的花朵。当邪念充满心间，心中的那点儿善感，如同决堤的洪水迅速被冲得无影无踪，毫无善意。于是，邪气上升，处事作恶，横道霸欺。这时，佛说：“回头是岸”。劝人去恶从善，敏学于心，善行天下。古人又讲，善恶有报。

为此，对于心中善念，绝大多数人都遵循世先的教诲，仁爱的道理，热心于人，倾心于事，胸怀坦荡，情系磊落，言而有信，心存感恩。而狭隘的人总是多那么一点儿似恶人般的霸气和匪气，虽不违法，从不吃亏；虽是明里相让，却总在暗中争霸，不怀好意。

把握善念，是一个人心存向善的尊严，也是为人处事中的一种敬畏。有人认为，善者心善软弱、可欺。有人心里思忖，在一个弱肉强食的圈子里，善良如同懦弱、胆怯，必遭凌欺受气。不过，古人还有一句话，心心向善，人欺天不欺，吉人自有天相，自带花香，善者能逢凶化吉，天助自成。

但是在现实的生活中，往往有人把握得住，善待心间的善良，什么时候对人友善，什么情况适可而止。而有的人善情肆意，不知敬畏。这样，常常在生活中出现的那种好心没好报、忘恩负义、好心办坏事的结局或骂名，让人不领情。因为人有贪心，也有欲念。有的人善待他一次，他心里却惦记十次。有的人给予了十次，却一次没得到，心不感激，而是常怀怨气，视如仇人。有人说，这种人养不活。还有人说，就不该去理他。

这是善良的人没有把握心间的善念与情意。时时动善，处处用情，肆无忌惮，到处伸手相助，结果善力不够，好心办了坏事，办了不该办的事，办了根本办不到的事，甚至违背自然规律，到头来还引发了恶人先告状的局面，给自身带来损伤。

古人说："善人恶人之师，恶人善人之资。"世有善人，也有恶者。不是什么事都要去寻善，也不是什么情况都非得去寻善。

善，是一个人对另一个人的情分，也是一个人来自心间涵养的施舍，它存一种品行，也含一份高贵。一个人在困境中得到它是一种安慰，在逆袭时拥有它是一份快乐。但不管处在什么境地，都得把握好它。

不然，善者无福，容易引起祸端。不然，善去事来，容易造成恶果。

为此，善待善心还是简单真诚，本本分分。虽然善良的人正直单纯，与人相处真心实意，但在不觉不知中易受到伤害。

其实，把握善良，不是放纵自我，而是遇事规规矩矩，遵守天道王法，这样才能拥有善良的精神所在，不至于遭人唾弃，人后“翻白眼”。

善良之心，必做品中之人，才能善待好自己，施善予人，赢得善来福报，更好地为他人做善事，做力所能及的事。

# 汗血宝马

在新疆，我第一次见到被视为国宝的马，历史上汉武大帝一心想拥有的那种汗血宝马。

它在乌鲁木齐市一家私人的养马馆里，供参观的有七八匹。据工作人员介绍，我国在册记录的有三百多匹，主要分布在新疆地区，该马十分珍贵稀奇，土库曼斯坦作为贵重礼物曾送给过到访的党和国家领导人。

汗血宝马擅长奔跑，有“日行千里，夜行八百”之称。该马起初属于野马，原分布在土库曼斯坦地区，生长在偏僻的沙漠戈壁地带，至今已有三千多年的驯养历史，它是土库曼斯坦民族的国宝。当今世界上有三千余匹，其中土库曼斯坦就占两千多匹。

在汉代，张骞出使西域时发现了此马，便上奏皇上。汉武大帝得知后夜不能寐，一心想得到此马。从那时起，我国开始有了汗血宝马的历史，它在冷兵器时代，是国家复兴的战略装备，也是固守边疆的长嘶战鼓。一位诗人见它如此能征善战，写下了“征战匈奴流汗血，嘶鸣昂首戍边关”的诗句。可见，该马在冷兵器时代的历史地位和作用。

据史料记载，该马外表英俊神武，体型优美，头细颈高，四肢修长，皮薄毛细，轻快灵活，奔跑时脖颈部位流出的汗，鲜红如血，书称为汗血马，但它又极其稀少，奔驰时又具有无穷尽的力量与韧劲，故称为宝马。

如今，随着现代科技的发展，加上冷兵器退出历史的舞台，汗血宝马的历史地位也打了折扣，不再驰骋疆场。但在一些场馆仍以表演的形式，被骑进跑马场内，供游人参观喝彩。

对于汗血宝马，它那个无愧于战神的称呼，在历史的记忆里功不可没，但它的故事书写在历史的画卷中，叙述在《岳飞传》的评书里，飘落在炎黄子孙的血液中，扎根在儿时童话般的世界里。让人熟知历史，让心懂得爱国。

# 旱地里的甘蔗

京郊有一块地，种植着几亩甘蔗。那甘蔗在地里像紫色的翠竹，一排排插在那里，那么整齐如画，像个哨兵，俨然地肃立着。

甘蔗本产于我国的南方，喜欢高温潮湿的天气。朋友说，在北方种上几亩，主要是图个新鲜，满足一下心里的愿望，在京城能吃上新鲜的甘蔗。

在地里，朋友顺手用铁锹铲了一棵，那甘蔗有近两米高，躺在地上像一根山竹那么粗，他用铁锹斩断枝叶后，再用削皮的刀刮着甘蔗的皮。

我拿着他削好的甘蔗，尝了尝。好甜的甘蔗啊，嚼着嚼着，甜汁从嘴角里流了出来，那汁水越嚼越多，如酿制的蜂蜜，清甜可口。

我望着满地的甘蔗，想起小时过年赶集时，母亲从衣兜儿里掏出两毛钱买回的那捆。那时与兄弟们吃上一截，是多么地欢喜，多么地欣慰。

于是，甘蔗的香甜像生活成长的故事，伴随着童年的岁月，不时地在闲余的时光里映入眼前。那时，去一个集市上，买上一根在街头上啃了起来，有时不顾陌生的眼神儿，津津有味地咀嚼着、吸吮着，如奶液滋润着身体，品尝它的甘甜，憧憬幸福生活。

记得是一个夏天，隔壁的叔叔见我上街，伸手从上衣的左口袋里抠了半天才掏出五毛钱，递到我的手里，我见一张皱巴巴的五毛钱，像是在生活中的叹气，又似生活中的渴望。

听他说要让我帮他捎点儿甘蔗，不禁心头一喜，心想，能尝到一截儿甘蔗了。

于是，宋代文同写的诗句跳入脑海，“满节甘滋渗齿寒，醍醐谁与酿琅玕。不知佳境何时入，试似前人取倒餐”。我愉快地接过他手中的钱，把它塞进裤兜里，骑着车子去了镇上的集市。

集市离家有十几里，我一路哼着歌儿，骑着车子在乡间的小路上颠簸着。

街上南来北往的人很多，有各种小吃摊位摆在不同的地方。甘蔗在街头一旁堆积着，有的人成捆地买着。

我见人群扎堆儿地围在那里，侧身挤了进去，望着眼前的甘蔗伸手挑了几根，用稻草绳捆好后，去裤兜儿里掏钱时，发现钱没了。心想，明明塞到这个裤兜儿里，怎么能没了呢？我在一旁左摸摸、右翻翻，见身上没有那五毛钱，心想钱被我弄丢了。

我急切地望着那捆甘蔗，听着摊主催促交钱的声音，心里凉了半截。

心想，这可咋办呢？这可咋办呢？

我顺着原路往回找着，到湾门口时，也没发现五毛钱的影子。心里急得眼泪要掉了下来。母亲说：“丢了不要怕，从家里拿上还给人家。”隔一会儿，母亲又说，“你要自己买东西吃了，不承认，我可不宽恕你。”

我望着母亲，诚恳地说：“没有。”

那天，我没有给隔壁的叔叔买回甘蔗，自己也没能吃上那截儿甘蔗。可我却经历了一次难以言明的苦处，那苦处一直刻骨铭心地埋在心里。

那是一件再小不过的事情。可是，有些小事兴奋得过了头，会酿出意想不到的后果，如那天弄丢捎买甘蔗的钱，让人无地自容地悔恨着，直到现在心里还时常想起它。

# 壶口的虹

虹往往在夏日的雨后，云层布满天际的一边时，在阳光下能看到彩虹似多彩的绸缎，一头伸向遥远的天空，一头扎进这边的山底。一时间，给人一种美轮美奂般的感觉，一种无比愉悦的惊喜。

在冬日的壶口，阳光暖洋如春的瀑布底下，我见到一条虹从滔滔的黄河水中飞跃起来，向奔腾的上游探视着，那虹弯弯的，如初几的月亮，在阳光下色彩斑斓。我见它在河水惊起的雾中，时隐时现，时而越过河床，展示着黄河的绝唱，又像是昂头凝视着，聆听着那个最危难的时刻，黄河的咆哮声。

虹，对我来说并不陌生。尤其是夏日的雨天，我见它弧形地在天空中画着，一头在云层里，一头在眼前的大山中。我常惊叫地喊着，让身边的弟妹们在一片宁静中激动，一饱虹的眼福。

在家乡，老人们对虹的出现多数带有一种神秘的色彩，一种心灵的向往。认为那是老天爷的恩赐，给穷苦的人一片希望，让人辛苦劳作才能有虹的眼福，让人心存善良才能瞧见虹落到人间的光彩。

在老家，在西藏，在草原，在海边，我常在雨后的天气中，见虹从淡淡的云中透了过来，像遥远的梦落到美丽的人间，让人惊喜地望着，也激荡着心中的幻想，露出一种莫名的追求，总是漫无目的地思起那个遥远的地方。

那是虹的归宿吗？还是人追求的一个虚无缥缈的幻觉？那时，心里泛出的酣甜，像一种想得到的幸福，却又是流下的汗水淌出的一种苦累。

那累真的苦吗？其实，像期待雨后的虹一样，是虚幻中一种精神的安慰与快乐。

站在壶口，望着瀑布跃起的虹，在倾泻的黄河水中，升起心中的那份动念，那份神韵，那份吉祥，那是母亲河的灵魂在昭示天下太平中的一份霞光，那是黄河大合唱中的激情，凝聚的一丝光辉的希望。

我望着这条美如诗情画意的彩带飘在黄河之上，在寒冷的风中坚强地从急流中昂起，向游人伸出幸福吉祥的手，向山川书写着自然神奇的诗画，让人留恋，让人惊叹，让人懂得自然的恩赐，如同彩虹送来的厚厚福泉。

这福是母亲河的水，弯弯曲曲地滴淌出来的心意。这福是母亲河的情，似虹霞满天时，滋润着华夏儿女，吐露着各自的芬芳。

# 花，都送给谁了

花店的门开得很早，很早，多数是上班的人还没从家出门，花店的老板娘就已开门了。

那花是早晨上市的，每天早晨老板娘要早早地过来，等着供货的鲜花。那新鲜的花娇滴鲜艳，香气四溢。

老板娘每早见一男孩身子不太灵巧，走起路来一瘸一瘸的，准时来到花店门口等着新到的鲜花。

他每天只买一枝，还是刚到的鲜花。

起初老板娘没在意，见那男孩走了过来，问老板娘那花多少钱一枝时，老板娘说：“新到的三元一枝。”男孩没有讲价，伸手从裤兜里掏出两个五毛钱的两个一元钱的零票，也没多说什么，递给了老板娘，拿着自己买的鲜花转身扭动着身子朝街那头走去，不大一会儿一瘸一拐地消失在上班的人群中。

那男孩叫海子，住在马路对面的小区。海子的父母因涉嫌非法集资诈骗，被法院判了刑，双双进了监狱。

自父母入刑后，海子没再进过课堂。他的生活常靠姥姥养着，有时见姥姥的生活也很拮据，他索性坐在街头向行人讨个饭钱。有时一毛、五毛、一元地挣着，一天很少攒够十元钱的。

回到小区里，有时遇上相邻的小伙伴，他想走上去喊一声一起去玩耍，听到那孩子的母亲在对小伙伴说：“他家是诈骗犯，少与他来往。”

海子听到那个母亲的话，跑回姥姥家里，偷偷地掉着眼泪。几天了，海子都没心思下楼，也没心情再去街头挣点儿微不足道的小钱，帮姥姥添点儿生活的费用。

一天，海子听到楼下有小孩子在玩，童年难以泯灭的天性又在海子心里犹存。他费了半天劲儿下了楼，见一群孩子在院子里玩儿，他坐在楼道的一角，睁着眼睛巴望着。

一个男孩子看到他，对另一个男孩叽叽咕咕地说：“他家是诈骗犯。”

旁边一个大点儿的女孩听到后：“让他来玩吧，怪可怜的。他也不是诈骗犯。”那个女孩说着。

海子见女孩手里拿着一枝快枯萎的鲜花在玩儿游戏。心想，哪天给她买一枝新鲜的。

第二天一大早，海子起了床跑到了对面的鲜花店买来了一枝，在那女孩上学的路上递给了她。

女孩瞪着眼睛疑惑地望着，想要说什么。海子说：“我没诈骗，钱是我在街头上要来的。”

那女孩半信半疑地接过花儿，放在鼻子前面闻了闻：“好香。”女孩随口说完，便朝学校跑去。

“那我天天给你买。”海子望着女孩的身影，瘸着身子紧走两步，冲她喊着。

于是，海子每天很早便去老板娘的花店里买枝新鲜的花。

一天，老板娘见小男孩买完花后，寻思半天便在心里念着：这男孩买花给谁呢？这男孩买花给谁呢？好奇地跟了过去，见男孩每天早晨从自己的店里买的鲜花送给自己妹妹的女儿，顿时恼怒地掏出手机，给妹妹拨了过去，她的妹妹得知后，在电话那头高声大嗓地吼着，像是要吃掉男孩的样子。

海子递给那女孩鲜花时，全然不知身后这些，他对那女孩说："明天还买新鲜的。"

或许明天早晨，那花店老板娘不再卖给他，或许那女孩的母亲，也就是那个老板娘的妹妹在花店门口等着……

# 家乡的木子又艳红

我的老家新县属于秦岭淮河以南，在大别山的腹地，那里的气候宜人，风景秀丽，每当秋天的尽头快进入冬季时，田埂边的木子树叶红艳艳的，像初升的太阳，给人一种生活中的向往。

木子树，学名为乌桕树，湾里人称它为木子。因为每到入冬季节，红红的树叶落完以后，树梢上像缀满珍珠似的，一颗颗木子露出洁白的笑脸，为湾里人添着一份喜庆。

那木子是湾里人年初时的希望，每到入冬来临时，湾里人一组一组地爬在树上，用铁钩子把木子铰下来，散落在地上的，大伙儿一颗颗地拾在篓子里。然后，用秤称出树上的收成，按人头分给各家各户，去街上采购站里换个油盐钱。

木子的树叶在家乡的土地上越红，收获越多。它一般多在田边地坎上生长着，也有在长路旁河边的。我不知道它的叶子一到秋末的时候，怎么那么地红，在弯弯的田埂上，像醉人的红酒，又似清晨喷薄而出的太阳，红彤彤的。

想起那些从千里之外来到香山挤着看红叶的游客，而生活在这块土地上的湾里人是多么有福气。他们从早到晚生活在红艳艳的景色里，生活在阳光沐浴的田间里，没有再比这样的日子幸福了。

有时，湾里人背着锄头牵着牛，在傍晚时分，在炊烟袅袅的湾里，从地边走来，路过那一片片红叶摇曳的木子树旁，一天的酸累随落日的余霞映照在脸上的笑容，甜到心里。

他们常拿着烟袋在家门口抽着旱烟念着：“今年年景不错，木子树红了，比往常多些。”辛苦的湾里人通过木子叶红来判断一年的收成。

因为木子树红，是湾里人对生活的期望，也是对幸福的期望。

记得一年冬天，湾里的一位哥哥娶媳妇。他是三爷的小儿子，三爷家里孩子多，生活不是很富裕。湾里一位年长的爷爷望着木子树上红红的树叶说：“今年的木子长得不错，就不要分了，都给三爷吧，他家要娶媳妇。”大家听后，嘻嘻地应了一声。

那年冬天，新娘子披着红红的围巾从田埂那头走来，头上扎的那朵红红的小花像木子的树叶，给湾里人增添了一份喜庆，也带来了一份生活的希望。

那天，在迎亲的路上，那一张张笑嘻嘻的脸，像来年的木子树叶，红艳艳的。

# 坚持，永远是对的

在人生成长的路上，有时在心境迷茫的时刻，我不知所措地徘徊在人生的十字路口，总是那么地无奈，又是那样不计得失地坚持，守着心灵里的一丝霞蔚，也静候着人生归途中的一种期待。

记得在县城读高二时，那年因身体不适只身前往武汉一家在国内享有盛誉的口腔医院求医，费了半天排队挂上号后，门诊一位孙姓的医生看了后说："现在没有床位，我给你排上吧。你十一月中旬来找我吧。"

"半年后了？"

"是的。"她平静地回答我。

"现在住不上吗？"我急切地询问着。

"没床位，住不了。"她望着我，再次坚持她的态度。

我哀求地望着她，想让她想想办法，尽量地安排我住进医院，我说我是一个在校学生，刚从革命老区赶过来的。

她没被我的语言所打动，因为在这样的医院，她每天见到的、听到的都是同样的情景、同样的乞求声。

我见她面带难色地劝说着，无助地叹了一口气，望着周围的病人闷闷不乐地不知如何是好。

在走廊，我回头望着孙医生的门口，嘴里喃喃地念着，去求求谁呢？去求求谁呢？

望着拥挤的病人，我又折了回去。

“小伙子，你怎么又回来了。”她望着我说。

“找谁能有办法住进来，我真的想住下治好病，再好好去上学。”

她见我有点纠缠的意思，摇了摇头：“就是找院长也没办法。”

顿时，眼前像遇上救命的稻草一样抓住这话里的机会。

她有点儿嫌我麻烦，便不再接我的话茬儿。我知趣地瞅着她不停地在给患者医诊，也不好再去打扰。

出门后，我便在走廊里遇上迎头而来的医生想打听院长办公的地方和姓名。打听了半天才从一个身穿白色大褂医生那里得知院长的姓名，他对我说：“李院长在办公楼吧。”

其实，那个医生只是随便一说，可我当真了。

终于在好心人的指引下，我找到了院长办公室。

在门口，见医务人员从她的办公室里出出进进，我依然不急地在院长办公室的门外等着。

下班已过了很长一段时间，院长才从办公室里走了出来，她见一个陌生人站在那里，便亲和地问了一句：“你有事吗？”

我说明了来意和病情，她看了看我的情况，又望了望我：“从老区过来的？”

“嗯。”我没多一个字地回答着。

我在门外见她折回到办公桌前，拿起了电话在那边说着，大概是在说我的病情和情况。她出来后，让我去二病区找一个姓李的主任。她说她安排好了。

那天，我在二病区办理了入院手续。在身体遇上突如其来的不适时，我选择了坚持把病治好的意念。

这种意念往往让人在身处绝境时，能迎来人生难得的机会。有时在雨雾般的迷茫时，抬头一看前面是一块朗朗的天。有时徘徊、急躁不安、心无头绪地找不到北时，冷静地守望着心里的那份清苦，或是在落日的傍晚，感动的余晖能露出喜人的笑脸。

往后的日子，我在坚持中把守过职责，也在困难时坚守过坚强；我在无言的情怀中默守过条规的纪律，也在世情的感慨中把握着心灵里的一片净土。

坚持，永远是对的，在你认准一些有助于身心健康的事情中，在你感观一些有益于家国情怀的崇尚中，坚持是一份尊重，一份操守，一种人格，也能释放一份芳香予人以求的亲情。

# 借暖日的秋天，牵着你的手走

我喜欢在阳光暖暖的秋天，走进色彩斑斓的自然，赏一枝纷舞妖姬的菊花，或拾一片刚刚从树上飘零的落叶，踩着阳光铺地的路上，任凭秋爽的风，撩着额头儿边的汗。

我想借着这和暖的日头，牵着你的手，走在清静的林荫下，感觉阳光斑斑点点地射来。那绿绿的草皮，布满繁星般的落叶，红的、黄的、紫的都躺在上面，像无忧无虑呱呱坠地的婴儿，张着没长出牙的小嘴儿，吸吮着母亲的乳汁。

那路在树林里，弯弯地向前舒展，仿佛金色的丝带，垫铺在幸福的生活中，任你蹦跳，任你揽怀，任你乐颠儿般地狂奔，任你高声大嗓似的喊叫。

我想借阳光粼粼的时光，一同笑谈眼前泛起微波的水面，那水在云的陪伴下，露出洁白的笑脸。或许，这是多年情谊的积攒；或许，这是心底酿蜜般的一抹思念。

于是，你说要去斜阳染红芦苇的桥边，又说到那片满山红叶飞来的山上。看小桥流水，攀一枝红叶。

你任性得像一只蝴蝶，翩跹在那金色的林中，散发着无限的温馨。

我瞅着树中射来的柔和光线，那光透着叶的缝隙，泼洒着蝶翅般的斑斓。见阳光如画的美丽，照在悦目的脸上，那快乐迅速逍遥在童话般的世界里。

我走在这个暖洋洋的秋天里，牵着温情的手，与亲和的人一起，想觅一下瑰丽的山川。

# 聆听冬日里的落叶

每每初冬如期而至,霜后的树叶不知不觉地从林中飞落到地上,我常在冬日暖阳的时光里踏进山中,去寻找往日忙累生活中那份难得的宁静。于是,便傻傻地站在那里,抬头仰望着天空,想仔细聆听着眼前的树叶,那种悄然飘零的声音。

那叶在树上,颤巍巍地张开着通红的面庞,瞅着满山的寒意,那一片片黄得有些打卷或是微微翘起叶尖尖儿的树叶,在暖阳的风中抒写着秋天里的迷恋,吐露着冬天里的心事。

我见那叶从林中的树上飘了下来,在树枝的摇曳中轻轻地滑落,仿佛那微微的飘落声,如同情丝扣人的心弦,窸窸窣窣的,落进了心底。

那是春天孕育的生命,说是到了冬天一定要给来年的硕果留下满心的希望。那是夏日如火的激情,说是天冷的季节,不惜绿的色彩飘进山坳那间农舍,想去燃尽人间最后一丝温情。那是深秋华丽的嫁衣,说是冬眠的日子寒冷的夜里,覆盖着树旁那颗相伴而生的种子。

那种子与树叶的一往情深,树说它要保护好种子。炎热的夏天,树给它遮阴纳凉,提供充裕的水分,让种子个大饱满;寒冷的冬季,种子说要掉落在地上，承诺起初冒出嫩芽时的愿望，让土壤肥沃。

于是，我望着那一片片叶子，在林中不停地飘落，争先恐后的劲儿，嬉戏洒脱的样子，那声音像是欢声笑语，又似惜泪离别。

渐渐地，我能听出叶子滑落的心声。那丝丝细语，忍辱着寒冬的负重，款款而落；那轻盈的身姿，摇落在树林里，生怕在催老的寒风中惊动未黄的树叶。

有时，在夜里，我见那片还挂在树上俯地而视的叶子。我踏在地上，踩在早先掉下来的树叶里，能听到树底下一阵阵嘎吱嘎吱的响。

那声音像是从上苍孕育而来的，如同秋天大雁南飞的歌喉，在寒冷的冬天给人留下了一种念念不忘的思念。那声音像是甜甜的笑靥，如同亲人相聚而拥的喜悦，在金黄的草丛上面，个个又悄无声息。

我聆听着，却听到了它长眠不醒的鼾声，也听懂了万物凋谢的精灵。

那是一年又一年的复始，也是一段岁月对另一段岁月的传承。

在暖冬的时候，那是寒风根植泥土的声音。许是草枯树冷，冬过雪尽，又是青山绿水，清香鸟鸣……

# 久违了，黄果树

去黄果树瀑布是一个秋日的晌午，瀑布里的水是否像传说中的那样迷人，因是夏后的秋天，我不得而知。

我原以为瀑布里的水，是夏天才那么湍急，气势磅礴，飞泻而下，没想到天高云淡的秋天，水流的气势也是那么波澜壮阔。

黄果树在贵州的安顺地区，其瀑布古称白水河瀑布，因当地广泛分布着“黄葛榕”而得名，是世界著名的大瀑布之一。它的高度七十七点八米，宽为一百零一米，其中主瀑顶宽八十三点三米，属于典型的喀斯特地貌侵蚀裂型瀑布，其水势浩大，流声轰隆，犹如崩塌奔腾的雪山，壮观如画。难怪徐霞客观后赞称：“如烟雾腾空，飞练挂遥峰。”

那天，刚进景区不远，就听到瀑布声穿密林而来，随石阶沿音而去，行走七八分钟，见远处的山峦中一条宽阔的白瀑从林荫树叶的缝隙间映入眼帘，那瀑咆哮山中，吼音不歇。

我急切地想到近处瞅其峥嵘，不顾腿酸脚胀迅速地沿石阶而下。人未到，瀑已如雷贯耳；人未至，瀑已如雾丝扑来，润湿着渴望的眼睛。

那瀑好大啊。还不到近处，那飞溅的雾水扑面卷来，瞬间浸湿了衣衫。见游人伸出双手惊叫着，拥挤着，兴奋着，我走到不远的山边上，寻思着这水势的源泉。

是天空掉下的白云吗？是草原的姑娘赶丢的羊群吗？是古战场厮杀奔腾的战马吗？是三峡大坝那泄闸的洪水吗……

我望着那如绢素的瀑布，听着雷鸣般的声音，如痴如醉，魂回梦萦。见水从天上飞来，与那朵白云擦肩而过，我不禁惊叹，人世间如此美妙的景色，如歌润心，如画养颜。

那瀑泻在下面的潭里，水打旋儿似的旋转着，那溅起的水花一层层的，像一朵朵盛开的白色牡丹，翻卷在舍不得眨眼的面前。

那水绿绿的，像一块绿得透亮的宝石，在那宽大的白色链带下，让人如获至宝，浮想联翩。

走近旁边，见两道彩虹从落水处弧形地向山那边弯去，那虹在阳光的照射下，五光十色，绚丽耀眼，在瀑布的衬托下，犹如火烧的热情，又如雄鹰展翅，在潭与瀑之间，巧构着人间仙境的迷恋。

站在瀑边，走在吊桥上，望着流下来的水，清明几净，遇石翻浪如雪花，遇漩涡清澈见底，心里对黄果树瀑布自然神奇的力量产生了震动。

黄果树，它是大自然的恩赐，这种神奇的力量献给人类，让人在月落日出的昼夜里懂得尊重，享受安逸；让人在春夏秋冬的时光中勤恳劳作，且行且珍惜。

站在那里，望见黄果树的水，那条川流不息、生命不止的瀑布，人生哪有歇息的脚步，即便是一滴水珠，也要让它在阳光底下蒸腾成雾，消失在无垠的空旷中，与星辰一起闪烁……

# 宽厚成大气

一个人的大气来自哪里？应该说是来自一个人的胸襟，来自那份暖心的情怀。

生活中往往有人说，尖酸刻薄的人成不了气候，冷酷无情的人迟早会从所涉步的台阶上摔下来，跌倒在那个势利的臭水沟里。

因为这类人为人爱算计，做事爱奉承，容不得他人之志。

太阳是因为它的光芒洒在人间的心上而温暖，大河是因为浩荡而宽阔。

大气来自人世间的宽厚，厚德才能载其物。一个有包容心的人，他会不计前嫌地关爱他人。一个淳朴厚实的人，他的心像一盏明净的灯点亮了自己，也照亮了别人。

人常说圣人及物爱之所爱。爱是释放宽仁之怀，人有仁爱之德，自是气量过海。因为那份宽怀，给饥饿的人一个怀抱，世间变得真情实感；给失落的人一个微笑，世间多了一份美好未来；给迷途的人一句鼓励，世上会多了一个感人的场面。

有人常感叹憨厚的力量，也暗自惊叹忠厚的品行。那种心境，那个心态，那份襟怀，在人性的锤炼中，能酿出一种无与伦比的浩然正气，像日的光辉照人，像月的明静似水，它透进心底，让胸怀开阔，让肚量气长。

人若宽厚，小草也爱怜。宽厚是大气之根，又是胸怀之树。它满满地挂在胸里，一种人性的高尚会缓缓而出，一个德行的社会会悄然升起。

因为宽厚诠释了仁怀之心，因为宽厚容纳了百川之气，让仁爱所爱，容人之容。

# 累，快乐地旅行着

从黄果树瀑布出来，已是下午四点多，去荔波还有三百七八十公里，需四个多小时的路程。

在车上，我一边写着文字，一边享受着贵州的山水。

贵州山多，没想到高速路如此发达。一座座隧道穿山而过，一架架高桥接连不断。从南贯北，从东横西。像天女散花的飘带，把山串在一起，也拉近了城市的距离。

城市近了，人心就近了。路通了，山里人扛着祖辈留下的铁锹和镐头，走南闯北、奔东跑西的劲头也就来了。

一个贵州小伙告诉我，现在出行方便多了。他说："见家乡建设得这么好，有时做起工来虽然觉得很累，但回到家中心里却舒坦多了。"

我望着他乐呵的脸，那露出的笑意和知足的心态，虽有酸累，但他觉得很快乐。

我对他说："有时间去你老家看看。"

他听到后，激动地回头冲我咧嘴一笑："好啊。我让家人宰鸡给你吃。"

他说他那里还不富裕，一些人家还在艰难地生活着。他讲了很多现实的情况，我听后心里忐忑不安。

我想就着机会，去乡村住上一晚，也想在那贫瘠的土地上，找点农民的尊严。

与他们一起在酸累中快活地生活着，与他们一起在披月的夜中享受着山水的快乐。

是夜，天黑下来了，我还在路上。或许那是明天的旅程，望着高速路两旁的山，在星光的闪烁下，或许山的后面就是一道美丽的风景。那狗吠的声音，仿佛从稻田里传来，想着路上那一片片金黄色的水稻，又是一个丰收的季节……

# 立　冬

门前的树叶在微冷的风中，轻轻地落了几片。麻雀踩在泛黄的树叶上觅食。立冬了，望着没有往日暖和的阳光。天冷了，是不是该加件衣服。

于是，我从多日未开的衣柜里，找了去年立冬时穿过的那件衣衫，套在身上，觉得从头到脚都温暖了起来，像冬日的阳光，暖烘烘的。

那件衣衫是去年立冬时候买的，在北方的一个小镇上。那天，小镇出奇地冷，早晨起来望着不知是一层薄冰，还是一层厚厚的霜，冻得人直哆嗦。

算起来离开家的日子已有二十多天，来时街头的树叶还是绿意展枝的，转眼间秋去冬来，树枝已光秃秃地落尽了。

不知谁冒了一句："今天立冬了。"怪不得天气这么冷，原来已到冬天了。

小镇一到冬天光秃秃的，没什么生机勃勃的景象。除了冷，找不到别的感觉。我费了半天时间跑到一个小店，挑了件衣衫。

小店里一位小姑娘在看摊，八九岁的模样。我递给她钱时，见那只长满冻疮的手，不由得问了一句："你妈妈呢？"

她愣愣地看着我没有说话，扭头朝旁边的一位老奶奶看着。那奶奶瞅了瞅我，打量了半天说了一句：“这里日子穷，她妈过不惯，生下来就走了。”

我望着这个机灵的小姑娘，这么早就失去了母爱，在这样的小镇她的心是不是早已“立冬”了。我拿着衣衫准备走出小店时，她睁着一双充满泪光的眼睛看了我一下，那目光仿佛映在那只冻疮的手上，像是在寻找母爱的温暖，又像是期盼母亲的归来。

立冬了，那个小镇很冷。想着去年的立冬，那个结满冻疮的小姑娘，她的妈妈不知回来没有。若她的妈妈回去了抱起她，她的心似暖冬的阳光，手上的冻疮就会好了，她的手一定会像眼前掉落的红叶，红扑扑的，在立冬的天里招人喜爱。

# 旅　途

旅途是一个酸累的过程，它只有归宿，没有终点。当人达到了这一站时，而下一程却在风雨中期待，在辛酸中飘零，在期望中经历着未曾有过的坎坷与迷茫、崎岖与艰险。

人的一生，有顺势而为的平坦，也有落魄潦倒的处境；有事遂心想的岁月，也有平淡无奇的状态。

一个人一个旅途，有的人能跨越那条荆棘的小路，有的人能劈开眼前那座险阻的悬崖。有的人翻越一座山就说看到了海，有的人越过洋后，感慨那边的稀粥更浓更稠。

或许，一个旅途有一种停靠，有的人等到了幸福，但有的人却与福无缘，需要到下一站才遇上如期而至的暖心阳光。那阳光普照在身上，露出了一种快乐的心情。那心情激荡的情丝，在辽阔的胸怀中犹如海水在夜色里的宁静。

是想驶向一个港湾吗？可另一个港湾在繁星满天的夜空注视着你。你还枕涛而眠吗？可那个蔚蓝的海域，使你像个水手一样乘风破浪地开垦那个陌生的地方，把希望播种在那里，把未来安抚在涉途的想象里。

那些希望，就是身在旅途中放飞的思想。那些想象，就是人生涉世间的难以掩饰的欲望。

有的人为思想奔波，有的人为欲望丢去初心的方向。有的人忘却自己在奋斗的路，也忘掉那道迈过的沟壑，那阵流汗中的热泪。

身在旅途，若把站台当停靠，人生的幸福才刚刚露出一角，就在阴雨连绵的天气中遇风而阻，举止不前。若是这样，需找一个港湾调整一下心灵里的方向。

所以，旅途有时需要在间歇时喘口粗气，才能在期盼中达到另一个目标。

那个目标像一座山峰一样，登上去才知原野的空旷，山的渺小，沟的曲折，河的细长。才知途中的逆境，风的阻力，坡的艰难，路的坎坎坷坷。

在这样的路上，容易在奔走的途中产生多种诱惑。但无论哪一种诱惑抵挡不住，都是致命的敲门之音，也是私欲难填的放纵沟壑。若是那样，人生的旅途将会掉入没有星星的夜里，看不到半点光芒和希望，也丢掉了原有途中的愉悦与乐陶。

# 旅游是一种能量的积攒

当人身陷繁重的工作压力时，不如放下笔头，找个遥远的地方，涉一次山阅一次水，放松疲惫的心情，为身体储备一种能量。

这种能量能为日后的工作添油加劲儿，奋发有为，也为自个儿的身体健康做一个休整，平添一种生活中的乐趣。

有人在生活中，光顾挣钱劳累，不注重自我释压减压，调节自己的精神。

找一个安静的地方，调整一下心态，放松一下心情，是最好不过的了。

这个办法就是打好背包去旅行，去大自然里接受一下心灵的洗礼，去大海边聆听一下波涛的声音。因为自然能消除人的疲惫，抚慰精神。因为涛声能接近人的心灵，让烦恼融入海里，给人以精神，给心以明志。

有人说爬一次山峰，世事变得渺小。

其实，登山是一时的体累。站在高处，人自然而然会达到一种境界，见事信心十足，目物会心旷神怡，精神抖擞。

这就是出来走一走的好处。人有精神，自然做事干练，遇见矛盾能轻而易举地化解，碰到困难能迎难而上，见到问题自然会迎面相对。

人常说，见多识广。又有人说，读万卷书，行万里路。人的智慧是从实践中来的，踏入自然，走村串户地了解社会，了解不同的习俗，不同类型的难题，遇上各种社会问题，自然会有智慧的金钥匙。一把钥匙打开一把锁，智者往往用一把钥匙打开多个锁孔。

因为旅行是休闲中的一种运动，也是打开生活中的思路、行为的一种方式。它让贤人得其才，让思者更有新的向往。

有人说，旅行是一种来自自我安慰型的幸福，也有人说是自行其乐。

幸福也好，愉悦也罢，在繁华的都市中，在矛盾不可调和的阶段里，在身心俱疲的忙碌里，旅行是最好的释怀。

想吃就吃，想起就起，读山阅水，踏浪破冰，在那个宁静而又陌生的地方，能“嗨”出幸福来。

# 美丽的明仕庄园

山水佳境的明仕庄园是一个风景秀丽、景色迷人的地方，也是游人向往美景一饱眼福之地。

它距南宁大约有二百零六公里，离德天瀑布还有三十五公里。这个淳朴的村寨坐落在明仕河畔，映辉在两边耸立的山峦之中。

走在这样的田园里，悠闲自得的心情油然而生。这里好安静啊！静得能听到山的倾诉声。这里好闲逸啊！闲得让人与世无争。

我望着河水两边刀削的群山，在一丛丛凤尾竹的点缀下，给这座村寨、这庄田园带来了一种淳朴的民风和安逸的生存环境。

我坐在竹筏上，听着讲解员甜美的声音。仿佛那声好客的乡音，把人带到家乡的梦境。

不远处，一群麻鸭游了过来。讲解员开心地望着河水讲着麻鸭的故事。

她说："那群麻鸭是一夫多妻制，那个黑色的是公的，身边的六个是它的妻子。"她还没说完，竹筏中传出一阵欢笑声。

这边还没乐完，河边的阿妹站在对岸的石头上向漂下来的竹筏唱起了山歌。那歌声清扬婉转，飘进河里，落在游人的身上，一种田园的情怀一下子让人沐浴在世外桃源的风中。

我起身站在竹筏的前头，瞅着两边的倒影，聆听着那甜美的歌声，那幸福的画面，宛如花千姑的情丝，随着歌声在这座明仕的田园里，荡漾着壮族儿女厚道朴实的情怀。

这种情怀绵延着中华民族的血液，根植着一份勤劳，一份善良，一个幸福的田园风光。

# 梦回镇远

离开镇远的时候，晚霞的余晖从厚黑的云层中钻了出来。我望着碧绿的河水，两边旅店高高悬挂的灯笼，红红地从水中映来，身边不停地传来店小二的吆喝声。

镇远距离贵阳二百八十公里，需要三个多小时的车程。从凤凰古城来到镇远，总觉得古镇的河水清澈中透着绿意，那绿宝石般的河底在眼前总是闪着粼粼波光。

古镇狭长，依水而建。从西向东，约莫两公里长。自古素有“滇楚锁钥、黔东门户”之称。走在青石铺就的路面，石头油光可鉴。见两边的店铺，游人出出进进，东走走西瞧瞧，让人眼花缭乱。

店铺的边沿儿是一条名叫舞阳河的河流，河水缓流而动，蜿蜒而去，似“S”形穿城而过，北岸是过去的旧府城，南岸为旧卫城，远观颇像太极图案。据了解其城池皆为明代所建，现尚存部分建筑。

这里的春天，烟雨清清，雾霭茫茫。山倒映在水里，山水一色，碧波连天，似轻纱薄雾，披在心爱的人身上，走在河边，似揽情人的手，挽着傍晚的温情，沐浴在轻柔的风中。

我不敢过多安逸地遐想，瞅着身边熙熙攘攘的人群，不时传来南来北往的乡音，有人在叽叽喳喳，有人在窃窃私语，疲惫的脸上总在不时地睁开眼睛，饱尝着眼前的景色。

水是古镇的眼睛，也给游人带来快乐的心情。古镇最美的景区，应是夜色。那绚丽多彩的灯光，照在舞阳河上，那河像苗族的少女，侗寨的阿妹，伸出眷恋的长袖，伏在河旁，婆娑婀娜，柔情多姿。

或许，你会陶醉在酒吧绮丽的灯光下，或许你会依偎在走廊楼阁的夜景中，望着水中的小舟，在河中拨动的涟漪，那秋风的躁动，吹着玫红的酒味，心已醉于往日的呼噜声里。

古镇的夜，在一串串灯笼的辉映下，让人不知醉地流连忘返。或许那柔柔的月色，心如钩镰，沉浸在往日的梦里。或许那泛红的河中，情如剥茧，或许在寂静的夜里悄生怅惘。

或许，在这秋的夜晚，只身独在酒吧门前徘徊，没有了未还的心愿。是心在牵扯，摇拂荡涤未散的余波，只为片刻余温的旧梦。

是夜，我想留在古镇，那个镇远的河边，为一场鼾声，回萦他乡……

# 面前的水好静

站在湖边，望着眼前的湖面，那水好静，静得像一面镜子，能听到水在空气里呼吸的声音。

往远处瞅，湖边的花草倒映在水里，树也倒映在水里，远看去那花草像嵌在晶莹剔透的水晶石里，依偎在树的周围，给人一种美轮美奂的感觉，人在梦里，梦在水中。

小鸟从眼前掠过，迅速向水面蹿去。云在空中飘着，像一朵朵白絮悬挂在水里，那水清静，那云在水中嬉戏。

我坐在湖边的一块石头上，伸手够着旁边的杂草，一边用手撕扯着，一边静静地瞅着湖面，望着水中的云，想等到日落，看着傍晚烧天的晚霞，那霞一定会通红通红的，映在湖面像一块未开琢的红色玛瑙，霎时让湖水变了颜色。

或许，起身伸手触摸着湖水，用指轻轻一弹，那水像情人相思的眼泪滴在水中，一圈一圈地迅速向湖心散去，燃烧在傍晚的霞光里，沉静在寂静的湖水中，守在失眠的夜里。

忽然，我想起了玉龙雪山下面的那池湖水，那湖不大，湖水很清很纯，干净得能看到湖底的沙子和水草。雪山倒映在水里，湖水绿绿的，再看雪山的倒影，一会儿雾绕雪山，像少女裹着雪白的丝巾，一会儿云开雾散，像少女露开灿烂的笑脸，那雪峰在阳光的照耀下，水里也金灿灿的，洁白的雪峰上像堆着一堆金子。

当地人说，这湖是座圣洁的湖。那座巨石以上的湖水，当地人是不让人伸手触摸的。

望着那湖圣洁的水，那静静的湖面，思绪如薄雾袭来。望着它，思着心中泛起的潮水，人生何时能走到心静的境地，在心里溢出一池平静的湖水，让心徜徉，让情流畅，让幸福生出飞翔的翅膀……

# 苗寨，那个如画的山寨

曾几何时，我都想走出浮躁的城市，觅一座山川，只身前往那里，看看山里的风情，或在月光如水的夜里，远涉灯火如歌的寨子，吹着那里的风，品尝那里的水，听着那里的家长里短，瞅着黑旧的瓦片，闻着墙上古木溢出的沉香。

在一个爽秋的早晨，我来到了少数民族中的一个山寨，那是苗族中的一座，名叫千户苗寨。

在那里，我站在山的一角，望着两山之间炊烟袅袅升起的寨子，那烟冒着香味，从远处瓦片下的木缝里不断地飘来，与一层层薄雾相映着，透着清晨的阳光望去，山寨一片金黄。望着那烟和那薄如蝉翼的雾交织一起，心中不禁一惊，好美啊。心想，山中竟有仙境般的人家。

那寨在山的低洼处，不知从何年起，沿一条小河的两边往山顶延伸而去。山寨很大，有千来户人家。

我沿进寨的路往下走去，见几个老人手抱着芦笙，摇晃着身子，在门前吹着，那笙清脆悠扬，像高山上的流水，楚楚动听。据说，那笙是从中原一带流传下来的，但它在西南少数民族的山寨里，是那样地经久不衰，演绎成为时尚的歌谣。

不远处，我见一个女人头戴白银制成的帽子，还有银项圈和做工细巧的装饰，身穿各种色彩绣成的长裙，在那里咯咯地笑着，我瞅着她，大胆地上前问了一句："这么漂亮的衣服，你们每天都穿吗？"

"只有重大节日或喜庆的日子才穿。"

她见我疑惑的表情，又补上一句："国庆节啊。节前我们要庆祝的。"她那么利索而又喜庆地说着。

我一边行走，一边欣赏街头的盛装，那系着红带的服饰，盛满大碗香醇的米酒，打着五谷杂粮的米糕，挂着头彩的牛角，在满街飘扬的红旗下面，平添了节日的气氛。

广场上，一群身穿苗族服装的年轻少女在青石铺成的圆圈地上迈动着脚步，那舞姿婀娜，拂袖翩翩，身上的银饰随着身体的摆动，在阳光的折射下，映在姑娘们的脸上熠熠生辉。

围观的人见了，也兴奋地在一旁高举着手中的五星红旗，挥动着双手，歌唱着"我和我的祖国"。

吊脚楼下，有一条细长的纯木做的桌子，桌子上面放着苗家好客的菜肴，满桌子的碗扣在那里，揭开碗一看，一枚枚红红的鸡蛋藏在里面，那是苗族好客的习俗，姑娘们提着酒壶，边走边唱，那音甜歌美，清脆悦耳。

我顾不上品尝这一碗碗飘香的米酒，见远处有块飘香的稻田，起身走去。

生在山村土地上的我，对稻香有份儿浓浓的情意。不顾寨中的美景如林，径直奔到寨头的稻田里，寻找幸福的根源。

那稻秆被压得弯弯的，在迎接着收割的刀镰。我弯腰抚摸着那满田长长的稻穗，望着不远处的水田里一群群欢叫的鸭子，真是一方水土养育一方人啊！

# 苗寨的迎宾酒

贵州的朋友非常好客。初到贵州，朋友安排吃苗族的酸汤鱼时，总免不了邀请苗族的姑娘来向客人举行一场迎宾酒的仪式。

酒是当地人自酿的糯米酒，每当客人到来时，好客的贵州朋友总是把远道而来的客人请到家中或饭店里，用牛角或紫砂壶盛满糯米酒，再由九个苗族少女端着，一个紧挨一个唱着歌，一边将壶中的米酒由高到低依次地流到客人的口中，当地人称这是迎客中最高的礼节。于是，歌不停，酒不断，客人要一直不停地喝着，当地人把它叫作高山流水。

这种迎宾的方式，据当地人讲，主要盛行于贵州、云南及相邻的四川南部和湘西南的苗族地区。因以一种特制的水牛角作为酒具，故他们称为牛角酒。随着社会的开放发展，一些苗家酒店，有的用一些茶壶代替了这种仪式。

在苗家只有在重要的场合，重要的客人才使用牛角酒。他们把牛角吊在事先准备好的做成拱门的两根竹子上，或吊在门两旁。客人来了，顺势拿起牛角就可以斟酒敬酒。敬牛角酒是苗家高规格礼节，在任何情况下，喝牛角酒都只能用嘴接着喝，不能用手接下来。所以，喝酒的人是不能用手触碰或抚摸酒具的，这是苗家的规矩。

苗家人勤劳勇敢，淳朴善良，热情好客是很有名的。每当远方的亲友到访，即安排盛装的苗族男女到村头寨口设卡列队、夹道欢迎，吹笙击鼓、载歌载舞，坛装美酒、牛角为杯，拦路劝酒，少则设卡一至三道，多则十二道，客未到主人家，而酒已半酣。

这就是苗家的迎宾酒，来一趟贵州遇上如此礼节，是最好不过的了，它让人流连，让人兴奋，让人羡慕，也让人憧憬他们的幸福生活。

# 那棵核桃树

天凉得真快，转眼间山上的树叶落了一地，树梢上挂着的几片叶子，在微冷的北风中，吹得飕飕直响。

天已快到晌午了，海子与媛媛还在山坡间奔波着，在树林里没找见一棵核桃树。

海子自言自语地说："早晨父亲还说这片山上有着呢，怎么一棵也没碰上呢？"海子纳闷地瞅着山上，在山的斜坡上转悠了半天，没见一棵核桃树。

他见媛媛靠在不远处的树旁懒洋洋的，便催着媛媛去沟边的山坎里看看。

媛媛望着无日头的天，在一边叫着："海子，回去吧。天都晌午了。"

"媛媛，不急，早晨来时，父亲说这山上有的。"海子听到媛媛急着要回去，鼓励她在山上一起寻找那棵核桃树。

海子想，若碰上那棵核桃树，这个季节地上一定会掉下成堆的核桃，他不停地弯下腰捡着，袋子装得鼓囊囊的……

"海子，山上根本没有核桃树，我们往下走吧。"媛媛在沟边叫着。

媛媛的叫喊声打断了海子心中的念头。他一手抓着一棵树枝，一手扯着一把草从吃力地向山坳上爬着，大半天才冲着媛媛那边喊：“媛媛，再找找吧。不然，两手空空回家，脸上不好看。”

媛媛听海子在山坡上叫着，没听清他在叫喊着什么。她抬头冲着山上叫了一声，那声在风里，吹得没影了。她见海子半天没答应，沿着山边的小道，捏着手中的空袋子，费力地往回走着。

海子断定山上有棵核桃树，早起时他的父亲还告诉了他。于是，他约了媛媛一起上山捡核桃。

天到晌午了，海子喘着粗气翻过山坳，他站在草皮上，望着日头还在厚厚的云层里，没放出一点儿温暖的阳光，想直起腰深深地吸口山上的空气时，突然他眼前一亮，立即扯着嗓子冲着山下喊：“媛媛，找到那棵核桃树了。”

他不顾媛媛听清没有，直奔那棵核桃树跑去。那核桃很大，一个个躺在地上，像活泼可爱的孩子，跳进海子手提的袋子里。

海子掂了掂袋子，足足有二十多斤重。

他伸手摸了摸那棵核桃树，抬头望了望树枝没掉的几片树叶，像暖心的扇子，在凉丝丝的风中，吹着冒着热汗的身上，舒心到了脚底。

于是那棵不起眼的核桃树，多年来在海子的心里明白了一个道理：无论什么时候做什么事情，哪怕是多么地微不足道，甚至微乎其微的，只要坚持认真地做下去，身上一定会装得鼓囊囊的，如那棵核桃树，露着满心的希望与喜悦之情。

# 那块土地

曾在那块和泥的土地上，伴着童年的成长，那里有过母爱育儿的心思，父辈的寄托，儿时的向往。

那里是块生养的土地，成熟的稻穗，红红的高粱，薯藤满地生长。

记得一年秋天，天快凉的时候，鸟儿在熟透的柿子树上叽叽喳喳，泛黄的树叶开始从树林里掉落下来，茶树上的茶子也在树枝上裂开了口儿，像年初里的希望，向湾里人张望着笑脸。

它让人在贫困中生长着臂力，也在粗粮果腹时有过育儿的梦想。它不论是阳光烈照，还是冬日暖阳，总把希望寄托于遥远的地方，让人拨灯，让人希望，让人把未来遥寄山外那个不曾熟悉的地方。

那块土地，还有那个门前的池塘，生长在那块土地的湾里人辛苦劳作，不畏雪霜。草枯了，来年的秋天又是一片金黄。树红了，冬天的冽风一扫而光。还记得穿着露出棉絮的大爷，蹲在门口抽着旱烟笑着夸奖。

可是，在路上那个门口，胡了拉碴脸皮皱巴地说起孩子已是忘年一把。有时回去一趟，闻起袅袅飘香的炊烟，隔壁的二爷炖着猪肉叫喊着快来尝尝。

有时，行走在这块梦呓回肠的路上，汗襟的衣衫总是有着一份田园里的清香。

我望着多日不见的蓝天白云，索性坐在地上等着湾里的那个童年时的哥嫂，一起笑说，听他谈起我儿时的哭相。

说着说着，在这块乡息的土地上，两鬓如霜般的苍老，或许，终有一天抱着儿孙，与父亲一起举杯逍遥。

# 那里是片有情的山

从大新到靖西，一路山峰叠嶂，一排排、一座座似锥矗立。有的拔地而起，有的附势而上，有的夹在平坦的稻田间，英姿挺拔，兀自从容，把大自然的俊美惟妙惟肖地尽显在眼前。

坐在车上，放眼望去，沿路山岩有笔直而立，也有弓背拱起，有似猿猴长啸，也有挺拔相视。其形态如物似人，让人目不暇接。

这一路，我一直在欣赏自然的神奇，也被这奇妙的自然造化所打动。这样的山岩之间，却蕴藏着一片肥沃的土地，让人们日出而作、日落而息。

透过玻璃窗，我见一片片成熟的甘蔗像列队的士兵，严阵以待地等待收割的季节。

那香蕉树下，几个壮族的妇女在那里抬头瞅着树上的果实，我透过香蕉树叶望着她们在比比画画，那一定是谈着今年的收成，来年的希望。

或许，那个指望卖钱的香蕉农家，急需卖掉香蕉好给孩儿的学费。或许，那个家中期望的老人，愿它能给生活带来一份福音、一份快乐。

汽车一直沿着这样的美景向靖西方向奔驰着，我一直沉浸在公路两边的岩峰叠嶂中，那是一个母亲背上伏着一个孩子吗？像，那山真的像。不一会儿，V 字形的山峰不等飘进眼中，那个和尚打坐的神态又迅速闪过。

我望着眼前的情景，那个造型，那个神态，那个俊秀刚毅的山体，把人引入到一个休闲自乐的年代，一个相依相偎的生活之中。

这是一些通人性的山啊。每当一座山拔地而起时，总在那里给这片宜居的人们留了一些空隙，让阳光普照，让雨水充实，让土地肥沃。

还记得刚才咀嚼的那根甘蔗吗？那甘甜蜜到喉咙，滋润了心肺。还记得那根剥开的香蕉吗？那香味，塞进嘴里，还留下一番舒心的滋味。

这样的作物，生长在山岩的下面。这样如蜜样的生活，来自公路旁边的那个村寨。

望着迅速而过的岩峰，谁能说这一座座不长参天耸立大树的山岩，没有一丁点儿幸福的歌儿呢？

据说，那里的山很通人性。天若在干旱时，为干裂的土地忧伤。雨季泛滥时，会为淹没的作物忧愁。

它为寨民挺立过炎热，挨受过寒冷，也为他们村寨挡住了风，避开了雨，使寨民丰衣足食，幸福如蜜。

你看，那座似牛角的山下，传来了脱贫的号子，那号子似刘三姐的歌声甜甜的，在寨民的笑声里，萦绕在这一座座美丽的群山里。

# 那片沙漠

沙漠下面是海吗？站在沙漠里，望着鱼鳞般的细沙涂抹的沙浪，我的思维突然蹦出了对水的渴望，水的滚滚波澜。

有人说，要把渤海的水引到新疆的沙漠里，让那里的荒沙变成黄色的稻田，让稻米香进沙漠里。还有人说，把喜马拉雅的山打开一个通风的口，让印度洋的风滋润着青藏高原上的沙，使那里的沙盘桓在绿色的世界里，给生活带来一片光亮的希望。

我曾想，这些念头不是疯子般的狂妄，也不是学者的头脑发热给人一种天真的感觉，它是人类智慧的钥匙，谁掌握了治理沙漠的钥匙，谁就会把梦想变成现实。

还记得量子纠缠吗？还记得楼兰古城吗？让沙漠生出豆芽来，一定有科学的依据在等待那个疯癫在沙漠路上的人。

有传言，罗布泊又出现水了。有考证，那里曾是古丝绸之路的繁华夜市。

我伸手抓一把细沙捏在手里，那沙轻轻地从手指缝间滑落下来，在微风的吹拂下，飘在眼前闪着金灿灿的光芒。若把它用在城市建设的轨道上，那一定会架起一道彩虹般的幸福通道。

我走在这片荒漠的沙丘上，思考着古运河里的水，仿佛古运河的商业在这座座似帷帐的沙丘里，传来了风的韵律，辉映着沙的柔和。仿佛那骆驼的脊背在风无人烟的沙漠里，飘来了历史的长卷，传来了一阵阵驼铃的声音。

走着走着，突然脑海里又冒上那句：“沙漠下面是海吗？”

若把钻头伸下去，说不定一股清泉喷涌而出，水漫沙里。那时，一块块碧野的良田呈现在沙漠的家园里，幸福又多了一张张笑脸。

那时，我牵着你的手，漫步在那道不远的沙梁上，赏着落日的余晖，见你身上那条粉红色的纱巾，在一片胡杨林下，燃烧着青春的岁月。那时，沙漠不再荒芜，也不再寂寞。

# 那群小麻雀

在门前，常有一群麻雀叽叽喳喳地飞过来，落在不远处的草丛里，在那片树枝下静静地觅着食。

那群麻雀，一到冬天，趁没人在时，总是从楼房的拐角处蹿过来，在地上窸窸窣窣的，一见人来，又惊恐地从草地上飞了出来，呼啦啦一大片，快乐地跑到另一个楼角里。

麻雀是一种檐下之鸟，人常说它胸无大志，随遇而安，有而不贪。有诗写道："志小那知鸿鹄意，一生注定寄屋檐。"

有时，在路上，在乡村，在田野，见那么一群黑压压一片，从眼前飞来，心中不由得一惊，"哇，好多的麻雀"。那麻雀转眼不见踪影，飞到丛林里去了，多么安逸啊。

于是，在远涉的旅途中，身感人困马乏时，希望自己能像一个麻雀，安分地守在家里，在那个温暖的屋檐下，一边品尝着香气四溢的茶水，一边拿着翻不到两页的书，眯着眼睛，晒着太阳。

那是一个多么闲逸雅致的日子啊，不与分争，不与秒抢，叫上多年不见的老友，谈点陈年旧事，说些岁月的沧桑，像那群麻雀，唧唧咕咕，话语一堆，见有新人过来，话音戛然而止，默不作声。待人过后，掩鼻抿笑，细声如线。

那是麻雀生活的一种日子，在那样的暖冬里，能叽叽喳喳地聚在一起，也是一种归途，一种向往，一种心态。

那一群麻雀，像檐下的知了叽叽地叫着……

# 那双水灵灵的眼睛

我总在倦意袭来的时分，想着那双水灵灵的眼睛。它能隔着窗帘，透着温暖的目光，冰释心里的疑愁，也能在我意志不坚时，送来一份阳光，让人自信得不知人间孤独。

那双眼睛像天真烂漫的花季，在阳光闪动的波纹中，像无数只眼睛，眨着酸累和记忆。

记忆在春天里，像发芽的小草，在跋涉的脚步中，载满着绿色的希望。那希望不为雨落，不为风摇，只为平静的水面，奏一曲爱的歌谣。

那歌在夏天里，像荷一样在污泥中燃烧，有的亭亭玉立在夕阳的霞光里，有的敞开心扉等待风的摇曳。

若是下雨的天气，那桥边的伞下，含情脉脉的搏动，像洒下的雨滴，使身姿一阵忸怩。

那一双水一样的眼睛，无论走到哪里，是东是西，是苦是累，总在隐藏的心里，撬出一块儿尝到蜜甜。

记得一个如雾的日子，那个流淌的河边，我扛着泛黄的军挂，“你怎么当兵了？”

“我当兵了啊！”

“同学都知道。”我又补了一句。那眼光水灵得像泪，又像夜空的星星，一眨一眨的。

我见那双深情的目光，真像哥儿俩般的情谊。于是，我珍藏着，在跋山涉水的人生中，在坎坷不平的军营里，酸累时，我把那份微笑从心底掏出来，增点力量；疲惫时，我把那份收藏的目光拿出来，照亮心底。

记得一个月柔如水的夜里，我露出梦呓般的笑脸。第二天一早，排长问我：“怎么了，怎么睡觉还说梦话。”

那哪里是梦话，那是那双眼睛的温情，让我在寂寞的军营里，品尝着生活的甜蜜，让我在奋起的路上相互珍惜。

于是，在青春失去的路上，我捧着一双如星光灿烂的眼睛，不知苦累，不知艰险，不知困惑地前行着，有雨的日子，我尝到淋湿的滋味；有风的时候，我感到寒雪中的坚强。

那种慰藉，那种情暖，那份自爱，像圣洁的眼睛，飘着蓝蓝的光。

# 那条流汗的路

那条路，曾是淌着汗水流向希望的路，也是幸福的向往中各奔东西的路。

走在那里，能听到父亲年轻时的呻吟，也能感觉食不果腹的煎熬在那条路上流着汗水的声音。

那条路，是老家的一条路。过去，那条路是山里人的希望，肩挑着柴禾换不到半月的油盐钱仍坚持地生活着，也在革命的年代中诞生过红旗的种子，那种子从路上烂漫在山里，在朵朵映山红花开的春天，抒写了潘冬子的故事。那时，家有一粒粮送做当军粮，家中一个儿送去上战场。那是一条英雄的路，热血的沸腾总在历史的华章中彰显篇章。

有时，我走在这样的路上，总想让汗水为之滴淌，让心纯洁，让身轻爽，让幸福的日子过得比天还长。

记得去年回家时，家乡的同学带我走了这条路。那路从山中伸出来，一直通往山前的大道上。有人说那是红军走过的路，有人说那是一条革命的路，一条英雄的路。

如今，那条路连着乡村，村民致富、脱贫攻坚也从这条路开始。

二〇一九年九月十六日，习近平总书记踏上了这条路。在新县，在红色的土地上，他跨步踩在那条沟渠上，深进了群众的心坎儿。

于是，那条曾经是红军走过的路，又是总书记关心的路。那路通向北京，连接着老百姓的心，也连着党的深情。

# 那雪好大

下雪了，那雪好大。中午从炊事班回到连队的路上，那雪片直往脖子里钻，头上、军装上一会儿白茫茫一片。

当我跑到连队的走廊时，老兵正在走廊里一边用毛巾扑打着身上的雪片，一边自言自语地说着:“今儿雪真大，一会儿落了一身雪。”

他见我跑了进来，抬头瞪着眼睛问我:“你见过这么大的雪吗？”

“见过，比这雪还大。”我的话音刚落，他伸手拿起毛巾抽了过来，我身子一闪，毛巾没落到身上。

他嘴里在不停地嘟囔着：“比这雪还大，新兵蛋子你就吹吧。”

“没文化，你不懂，不知道我那里下雪。”老兵一听我跟他顶着嘴了，转身在走廊里追了过来，抻着毛巾朝这边抽来，我见他那个架式，撒腿比兔子跑得还快，冲出走廊站在不远处的雪地里，望着他气呼呼的样子，我在雪窝里乐着。

老兵家在大庆，对雪是大是小见怪不怪了，但他不知我的老家也有大雪封山的时候。

据长辈讲，有一年冬天雪很大，红军为躲避敌人追赶，在一个岩石洞里藏了起来，敌人沿山搜索时，发现雪窝里有一双双草鞋朝山外走着的脚印，就追了出去。于是，在当地便流传了“倒穿草鞋”

救红军的故事。

这个故事还没讲给老兵听时，连队的门前就下着雪了。

那天，老兵见我在雪地里冒着大雪冻着，没再追过来，便和另一个从炊事班里回来的老兵走进了班里。

那天雪下得很大，去连队阵地的路上被雪堵住了。排长说，雪大不安全，大家下午就在排里看书吧。

学习时，我的脚因前几天天冷冻得生疼发痒，我脱下鞋时，发现脚后跟儿硬肿得一大片。

老兵坐在旁边见我的脚冻得像小馒头似的，冲着我说:“晚上睡觉时去门外铲盆雪回来，把脚埋在雪里搓搓就好了。”

我疑惑地瞅着他，他见我迟疑的目光，想伸着胳膊甩来，但又放下了手:“你这个新兵蛋子，还瞪着眼睛看我，我小时候脚冻成这样，都是这么弄好的。”老兵一边说着，一边讲起自己儿时的故事，他那个倔强的劲儿，小时候一定没少挨父母的责骂。

晚上临睡时，老兵去门外端回了一盆雪。他用手在盆里扒开一个雪窝，让我脱下鞋子把双脚伸进雪里搓着。

我按照他说的在盆里用双脚来回地搓了十几分钟。脚，红扑扑的，像一盆炉火烤的，在洁白的雪里，辉映着老兵的心怀。

那夜，我没觉得脚生疼地痒，躺在被窝里也没有觉得寒气从门外袭来，仿佛那盆洁白的雪像炉火的光芒，映在班里的墙上，照得屋里暖烘烘的。一时间，那温度从脚心上热来，温到心里……

# 那叶正红

当身边的凉意从深秋的阳光中透过夹衫内的皮肤时，许是天真的凉了。

每当这时，我想起了秋天的树叶，那叶红红的，漫山遍野，像火焰的激情，在岁月的流逝中燃烧着。

其实，赏一树秋叶，是生活中的一种渴望。当人在春雨绵绵的季节中布满希望时，生活中无论经历过多大的雷声，还是暴晒得地干叶蔫儿，总是寄予秋的到来，那满树丰硕的果实，心有着落似的揣着满怀的喜庆。

记得是一年的秋天，与友人登山望秋，那叶逊色了往年的模样，也没有心中的秋意，叶在树上缺少秋的风霜，也无叶红的情景。

朋友一口气爬上山顶，累得粗气直喘。他想觅一树心中的红叶，好让心情舒畅起来，可见眼前的林中枯得发黄，难见红叶映入眼底，他望了望这块难以搅动情丝的秋天，长长地叹了一口气。

生活中，人的渴望总是在若有若无中呈现。有时，满怀的期待没有一个好的结果，人的心情总是在自我的情绪中困扰着，总想在这种情绪中思考着同样的一个问题，如赏一树红叶，非得往山上去，非得沿着前人的足迹，看着同样的风景？

回来的路上，在一个小河沟旁，见一树红叶浓浓地在那里展示着，摇曳着，娇滴着。顿时，烦闷的情绪一下子舒展开来，那树似烧天的霞光缀在那里，把山的秋色恰如其分地显露出来，让人尽收眼底。

朋友兴奋地跑了过去，站在树下，仰望着那树红叶。于是，他伸手从地上拾了一片，揽在怀里，那脸舒展得像红叶似的。

其实，生活中，赏一树红叶足够。或许在众多的红叶中，欣赏心中的那树，激情像燃烧的岁月，火红地烧着半个天来。

# 南宁的夜

带着北方封冻的思维，走在南宁的街上，见邕江两岸的灯火，似乎是走进北方的春天，伸出手来没有一丝冰凉。

这样的冬天，在这样的城市，我望着昏黄的马路街头，那些正等着红灯的车辆，似乎城市的喧闹声被这明净的夜空挤了出去，少了些北方的浮躁，人流如织的感觉。

这样的夜，在南宁是那么宁静，那么羞涩，那样地悠闲自得。

有时，偶尔闻见隔窗的灯火里那个举杯的嬉笑声，瞅着那个夹着黑豆腐、嘴里还嚼着黑粽子的年轻人，畅谈着刘三姐在大槐树下对歌的情景。那夜，是个多么柔情的夜晚啊。

于是，我瞅着那个穿着花裙子的姑娘，脑子里朗朗地映来了山歌的琴声和那财主的欺负声。但在这样的时代，从灯明到灯暗的街头，她又多么放心地穿过大街小巷，越过邕江上的那座桥梁，漫步在青秀山的周围。是夜，多么平安无险。是夜，多么平淡无奇。

在此，我又从曾经去过的城市中思索着夜的嘈杂、人的浮华。这里的夜怎么这样安逸，这样静悄悄，是市场的需求满足了人们心中的欲望吗？还是消费的水平塞满了人们鼓起的腰包？

人，需要理性。在东有广州、西有昆明的经济地带，或许，端杯油茶的感觉，显得更加惬意。

一座城市总是要在喧嚣中回到静处，总是要在焦虑中回归理性。

走在邕江的岸边，瞅着对岸的渔火，我看到了小富即安的夜幕正浓浓地泻在岸边，飘零在那个夜色撩人的游船上。或许，新一代对歌的三姐，从头到脚都是新的。或许，她那时的向往正是这时的自由。

在这个宁静的夜晚，这个不冷的冬天，幸福像夜空中的星星，各自闪耀着光芒。

# 你的牢骚是堵墙

人的烦闷往往在无法把控的时候，常在一定场合喋喋不休。

那种情绪会把人的心情带入阴暗的角落，让人低落惆怅，对生活了无指望，遇事怨天尤人，爱恨不一。

其实，牢骚似一堵墙，往往让人见之厌烦，难处真心。

一个人总希望身边的朋友或亲人生活在阳光里，有着一张乐呵的脸，一种愉悦的心情。它给人带来一种时尚的态度，一种莫名的幸福，以至于相处之间自然会和颜悦色，融洽之至。若这也看不惯，那也抱怨个没完，久而久之，若有所托之事，自然让人不能倾诚而往，相互间的情谊也就慢慢地如墙之隔。

爱牢骚，应是心理的一种病，也是能力欠缺的一种表现。它常纠葛某一事物，对什么事什么人发泄心头之快，这也是一个人性格不成熟或事业不成功的所在。遇到挫折，他沉不住气；有了偏差，他易横加指责。对生活不达观，对他人不容忍，自以为是怀才不遇，固执暴躁，爱揭别人的短处。说白了，自己没文化，又不知书达礼。

生活中的乐观，是一种修养。牢骚满腹的人，个性低沉，脾气暴躁，难有豁达开明、稳重自律的人生态度。他常斤斤计较地把事情弄得一无是处，也常患得患失地把交办的事办得一塌糊涂。他爱品头论足，也爱说三道四。

除去心理的那堵墙，养身也得养心。心静如水，情绪自然会在冷静的思维之中酝酿出乐观的精神，闪烁的智慧。

力不能及，汗流浃背地去登周围的一座山峰，远眺后再回过头来看眼前的世事，都是那么地微不足道，不足挂齿。

# 你的善良，我记在心里

当一枚红叶从眼前的树枝中轻轻地飘落在跟前的台阶时，我停下了迈出的脚步，弯下腰将它拾了起来，像要珍藏在心里，愣愣地瞅了半天。

拾起它，像捧着你那颗天真烂漫的心，在这片红叶缀满树枝的小路上，你依然是那么地恬静，那样地微笑。

你常把过去淡忘在凝愁紧锁的心中，也把纠结化作心间的云雨，在形单影只的岁月中，守住一心善良，拧起一抹自信；在有风无风的日子里，拨开心间的那团雾纱清静地生活。

我也常在细雨绵绵的春天，端详那份闲情逸致；也在霜落红叶的秋天，品尝那份真情。有时在霞蔚满天的傍晚，常独自在门前的河边，瞅着夕阳余晖的倒影，听着汩汩流水的声音，守着心里的宁静。

人的善良往往从人性的种子中生出一种尊严，一种品德，一份情感。有时，在泥泞的路上，我望着那种尊严洒下的雨水，温馨地从山那边飘来，轻轻地松开手中遮挡的伞，任风吹打，任雨淋落。有时，在朗月倾泻的夜晚，走在门前的庭院里，望着万家灯火，一缕惜怜从房檐的角落中与惊起的月色一同透心而来，在这静谧的夜里，守候着一份皎洁的月色。

有时累了，也想趴在煮茶的桌椅上，望着冒气的茶水，抿上一口儿，却被那份真情的期望打断。于是，一骨碌地爬了起来，直挺着腰板，提起精神，思着那块金灿灿的稻田，沉浸在那一片片的稻香里。

于是，在这样红叶满山的时光里，我踏进了薄雾婆娑的草丛间，走在霜铺的路上，端着心里释放的凝思，品着那朴实无华的善良……

# 浓浓的梯田情

我不知心里怎么对梯田有着那么浓浓的情结，甚至不顾得失地前往，有时那田像根一样深扎在血液里，把生命的岁月孕育成粒粒稻香。

那是一个秋高气爽的下午，多日不见的阳光从灰白色的云里钻了出来，那光一束束地洒在地上，映在愉悦的心里，令人乐不思蜀，情从心来。

朋友在电话里问我在哪里。

我说："刚进黄果树瀑布景区。"

他听了后没问瀑布美丽壮观的情景，倒是说贵州的梯田不错。

梯田？在哪里？

我听到后兴奋得差点儿喊出声来，急切地询问梯田在什么地方。

他说："在从江的加榜。"从江是贵州的一个地名，紧接着他又在电话的那头描述着，他说那里比较贫困，梯田在崇山峻岭的山上，但路不是太好走。

在黄果树，我再没有心思游玩那里难得一见的胜景，匆匆忙忙像赶集似的走了出来，朝加榜梯田的方向马不停蹄地向那里奔去。

加榜在贵州的东南部，紧挨着广西的桂林。那里山高树密，山势陡峭，路弯道窄，坑洼不平，有时不起眼的一座山中几公里的盘山道，需要开上半个多小时，因道窄弯急，一路把人颠簸得前歪后仰，左摇右晃。

汽车开了近五个小时，才到达一个叫加榜的村子。我伸头往山下望去，沟深不见底，抬头向山上看去，那层层的梯田从山底依次排列上来，直到山尖上。犹如空中飘着一条条金色的丝带，在那里弯弯曲曲，叠叠隐去。

我沿山坎的茅草里吃力地攀爬着，见一绺绺水稻，岩石边种着一丛丛的稻田，心里感慨万千，可谓是有土就凿田，有水就插秧。

我曾以为水稻只生长在广阔的田地里，也自以为是地想象面积半亩左右的才为田。

在加榜那个山村里，我看到了中国老百姓的勤劳和勇敢，也看到了农民面对险恶的自然环境不折不挠的精神。

土地是农民的命根子，在大山的丛林里，山里人更视土地如命。它让饥饿的人看到生存的希望，也让厚实殷勤的人享有未来。它像母亲吐露着源源不断的汁液，也像川流不息的江水，给人孜孜以求的精神。

在陡峭的梯田上，我见一家三口正在田中收割，便连蹦带跳地跑了过去。她们身穿民族服饰，背后还背着一个竹篓，在稻田里一根根地摘着稻穗，她们说这就是秋天的收割。

摘稻子的老人有六十多岁，她们说自己是布依族人。稻田那头收稻子的一个是她的女儿，一个是她的儿媳妇，她说的话我一句也听不懂，全是她的儿媳回答着。

她说身后的背篓是装稻谷用的，她们把稻田中长得最饱满、穗最长的稻子单独摘下来，放进身后的背篓里，好做来年的种子。她说不管布依族走到哪里，身上都装着几粒稻谷，哪里有土就撒在哪里，哪里有土就在哪里种下来，让稻谷生芽，繁衍生息。

于是，我望着长短不一的梯田，那一层层长满稻谷的梯田，有的伏岩而栽，有的顺坡而造，不弃一寸土地，不废一丝沟坡，把田造得鳞次栉比，仿佛田在天上，人在仙中。

我望着漫山遍野的梯田，那惜土如金的布依族人，如此厚爱山川之美，那是少数民族生存的希望，也是一代代生息繁衍的未来，他们懂得在岩石上如何休养生息，也把山赋予的灵气化作勤劳的双手，让岁月五谷丰登，丰衣足食；让有氧的高山，人定胜天，适者生存。

站在那一条条金色的梯田上，我捧着一把泥土，闻到了祖先的气息，散发着一种香喷喷的味道，渗透到那种饥饿或丰盈的皮肤里。

是年，那田硕果累累，像云梯一样，登在山上才知民族融合的文化，带来一代代不可或缺的福泽……

# 偶遇凤凰古城

在铜仁住宿时，朋友说，这里离凤凰古城很近，有六七十里地，去看看吧。

凤凰古城地处湘西一带，传说中是一座美丽的古城。多年前，与家人说有时间去看看，一直未遂心愿。

晚上听友人这么一说，心里不免产生了前往之意，早晨天亮，车往古城开去……

古城商业化很浓，在沱河的右边。沿街的店铺让人应接不暇，游人擦肩而过，有手抱孩子的，也有随意地边走边吃的。

要说古镇，还是江南的细腻。像春天的雨，轻柔而缠绵，也巧夺天工惹人喜爱。可这里的古，其实看起来有点粗野。从人文的心态来看，环境远不如江浙一带的乌镇。

走在街上，除了店铺里那双双露出狡黠的眼睛，透露着内心的虚诈之外，你看不到东西的半点好坏，也难剥开品质的真假。大抵是，来了，买点吧。说是做个纪念，心里也有这个意思。

街上店铺里商品最多的要数银器首饰。银是真是假，我们只是看看而已。

陪同我们的导游小姐，姓龙，是位苗族姑娘。她在家排行老五，家里数她最小。她的两位姐姐已结婚嫁人，她生长在山村里，是一个渴望美好生活的孩子。

望着她身着牡丹花的服装，在给我们讲解着。我不禁问了一句：“这胸前的花是什么意思？”

她说：“牡丹花是我们苗族的象征。花开是表示姑娘已结婚了，含苞待放的是少女。”

于是，她又对我们讲：“牡丹花上面一只凤凰代表是少女，两只的说明已结婚了。” 望着她那双期待生活的眼睛，渴盼而又向往。

她生在山里，辛苦在凤凰古城中，她一定渴望如蜜的爱情，也一定憧憬美好的未来。许是今天，或是明天，她会沐浴在阳光里，也会滴淌在幸福的汗水里。

## 飘 香 的 雪

雪，下了。那雪下得好大啊。

伸出手望着掉在手心里的雪，一片片的，一会儿化在手里，是那么新奇。

我站在村头瞅着天，那雪飘落在草堆里、屋檐上、池塘边，瞬间地上白茫茫一片，不知谁叫了一声，“今年的雪真大”。

顺着那音寻去，我望着那个房檐冒出了一股股炊烟，在洁白的雪片中缓缓升起，那烟越过漫天飞舞的雪中，像生活的曲子，在一片白茫茫的村头不时地飘来了生活的香味。

我沿一条小路信步地走着，想寻找儿时落雪的感觉。那时，我们兄弟还小，每遇见天上下起雪来，都从堂屋里跑出去，在雪地里蹦着跳着，把雪堆在一起，有时撒在人家的墙上。不多时，身上脏兮兮的，脚湿了，衣袖也湿了。

母亲见后，把我们叫回家中一顿斥责。我们兄弟几个相互吐着舌头，吓得连大气都不敢出，怕母亲拿起扫把打来。

母亲一般不打我们，只是从严厉的管教中，让我们学会做人的道理。不然，初涉社会不知深浅，容易掉进雪窝里，打湿着鞋子，冻痛着脚丫，让人在人生的路上不能愉快地行走着。

遇上雪天，母亲爱让我们把门前的道儿铲尽，有时一直扫到田边的水井旁。她说，那样会方便湾里的人，也方便自己。

一次，那雪下了一尺多深，我和弟弟抬着水桶去打水，那雪盖住了田埂，不小心溜进了田里。

弟弟在一旁乐呵呵地望着，我从泥田里扒出那双鞋时，双脚却在雪地里冻得通红通红的，我急忙穿上那双冰碴儿般的球鞋，跑回家里。

母亲见我脚上穿着一双湿漉漉的球鞋，站在院子里，急忙让我脱下，跑到里屋的箱子拿出一双崭新的布鞋给我。

“快穿上，不然脚冻坏了。”母亲拿走脚下的球鞋去池塘边用刷子洗着，回来放在火炉边，那鞋迅速地冒出热气，在红红的火苗边觉得脚一阵阵地温暖。

其实，下雪，在冬天闲逸的乡村里是件快乐的事。那时，可以到山上捕些野兔回来，也可去雪地里捕几只麻雀，放在火炉上，让屋里飘着肉香，让心乐出花儿来。

那笑脸在房前的雪地里，从厨房那间瓦缝的雪片中冒来，飘出幸福的味道。

香，好香。从雪天里飘来……

# 前往库尔勒

乌鲁木齐的天，早晨九点了还没亮。在这样的冬天，我们起了个早，想赶上最早那趟去库尔勒的城际列车。

库尔勒是新疆巴音郭楞蒙古自治州的地级行政区首府。在车上，我望着窗外白雪盖地，心思随着那白雪皑皑的山峰，早就飞向了那个戈壁，那个夏日的空中草原。

我不知为什么在这样的冬天这么干枯的季节要到南疆来看看。是想看看夏日的草地在寒冷的风中脱下美丽如画的盛装吗？是想瞧瞧我国最大的内陆淡水湖——博斯腾湖在沙漠中那滴封冻的蓝色眼泪吗？是想寻思楼兰的长袖歌舞从古迹的土墙里被自然流放的心声吗？还是想感受马兰姑娘的爱情，那种不依不饶的精神与命运的抗争？

我望着匆匆而过的天山山麓，想从塔克拉玛干沙漠在冬天的狂野中寻找答案。

那个茫茫无际的沙漠，是历史的造就留给华夏儿女一份肩负的责任吗？那个浩瀚的戈壁，那个广袤的草原，那个连绵起伏的巍巍雄山，让我想起了罗布泊，那个神秘的地方，那个中国人的智慧。

原子弹在这里腾空而起了，那个艰苦的年代那一双双辛勤耕耘的双手，把国家的安全书写到马兰神话的故事里，让人享受到了真正的幸福。

我想，那个沉睡千年的楼兰姑娘，还有历史的遗憾吗？她泛起的心思，像夏日博斯腾湖的湖水，掩映在这个沙漠的世界，滋润着草地，牧放着羊群，像那一个个香梨一样甜蜜着内地人的心坎儿。

朋友说，库尔勒的冬天不像北疆那么寒风刺骨，让人冻得哆哆嗦嗦，又不像东北那么白雪茫茫，连绵地覆盖。

它的冬天韵味悠长，暖而可人，清静有佳。这样的冬天来到这里，让烦恼化作了沙尘，随风而去；让人独得一份宁静，厚福来年。

记得一位姑娘，在青春年华时嫁到了马兰，想必她已适应这里的冬天了吧，或许像沙中的金子，在这个广阔无垠的沙漠里，闪着时代的光芒，那光在这片荒芜的土地上，赋予了人生的坚强，也照亮了那个湖面，无论夏天，还是冬日都散发着滚滚蓝光，给人一种无以言明的希望。

# 钱财真是身外之物吗

古人云，君子爱财，取之有道。爱财，其实是人的一种欲望，现实生活中，有的人把握得住闻金如铜臭，望财如止水。但有的人自控能力差，管不住心中那股邪念泛起的水，见利忘义，有钱就伸手，伸手如墨黑。

这种心态，在虚荣的圈子中，让人变得浮躁起来。有的人把帮忙叫“来钱”，有的人在利益面前，平时那点稻草般的友情，变得一文不值，一钱不悦。并把人世间的情感化作利益间的关怀，使之演变成有钱就帮忙，无钱就拉黑。

俗话说：“天下熙熙，皆为利来，天下攘攘，皆为利往。”多少人因为追求钱财名利，把自己套上了俗套中的繁重枷锁。多少人因为抛弃人世间的善良，而身陷惶惶不可终日的境地。

爱财之人，是没有怜悯之心的，更不要指望他有菩萨心肠。这类人心不明快，眼如贼鼠，口舌如蜜，但遇事漫天要价，能拐就拐，能坑就坑，用平常的一句话说，把你卖了还在一处帮其数钱。这类人没有真心之交，也得不到真心之爱，处处利益而已。

《清代皇帝秘史》中有一段这样的记载：乾隆皇帝下江南时，见山脚下有一条江，人动如潮，物畅通达，不禁问了一下山中寺庙的方丈：“你住在寺庙里，可知道每天来来往往有多少船只？”

方丈答道：“我只看到两只船，一只为名，一只为利。”乾隆听后连忙赞叹。

世间的名，无非是使其身外有名。世间的利，无非是心中贪念之物。

佛说，钱财乃身外之物。钱财名利的诱惑就像是一块黑布，如果抵挡不住，心就会被蒙蔽，迷失了方向，也迷失了自己。

钱财真是身外之物吗？对于圣洁的人，钱财是祸来之水。对于贪欲之人，钱财乃是心中之物。因为有欲望的横生，其物当然在心里沉积，不能自拔。

为此，一些人铤而走险，步入不归之路。更有甚者凭着手中的平台，钻个政策的空子，背地里做起不光彩的事情。

纸难以包住火。若把一份善良泯灭在没有人性的生活中，其好景长不了。若把一点友情绑架在有钱能使鬼推磨的灰色利益中，厄运自然敲上门来。

收取心中的贪欲吧，钱财乃身外之物。秉持心中的那份善良吧，名利如灰飞烟灭，化作粪土。

# 勤奋养运气

一个人的运气除生在富贵家庭外，要想前程似锦，事遂心愿，需后天的努力才能获得成功。

因为运气不是天上掉下来的，也不是躺在地上就能拾到的。

运气需要平日的修炼与养成。修成正果，运气就会盘绕在身边，随时随地会遇上心中的贵人，达到心里的愿望。

这个愿望是日积月累的勤奋得来的，不是从虚荣的心里羡慕嫉妒而来，也不是从丢三落四的坏习惯中而来，更不是从好高骛远的心里碰着运气而来。

一个人运气的好坏取决于他的勤奋力度，不是说今天努力明天放羊了就碰上好的运气，好运气需要持之以恒，好运气总是给辛勤的人留下一个称心如意的空缺，因为用功的人积攒着知识，蕴藏着能力，拥有一个好的习惯。因为勤奋能修炼人的个性，提高人的水平，达到社会的需求。

这个需求需要有能力的人来管理、来支撑、来完成。而生活中，恰恰勤奋的人经过努力掌握了这些技巧或技能。于是，好运气迎了上来，落到勤奋人的身上。

所以，勤奋是成功的阶梯，每一步不努力不扎实不刻苦，会枉费心机。每一步不起早贪黑、拨灯点蜡地拼搏，终将失去原有的梦想，而成为幻想。

运气是靠勤奋得来的，那个机会永远站在人生奋斗的路上，无论是雾天还是雪地，都在等待一双勤劳的手轻揽入怀。

# 青春应有得意处

大凡在人生成长的道路中，必有一段年少不知愁滋味的生活，也有一段初生牛犊不畏虎的经历。

青春是哭是笑，是吵是闹，有的人无忧无虑地生活着，有的人畏畏缩缩、瞻前顾后地迷失着，有的人夜半拨灯、苦尽甘来地努力着，有的人春风十里、得意不忘形地享受着。 在憧憬未来的路上，一个人要有敢拿青春赌明天的豪迈，也要有叛逆中的胆识和气概。青春不轻狂，难有众人捧星的得意之作；青春不放荡，难有繁花似锦的欣赏之处。

有的人称青春是人生最美的年华，可在这最美丽的时光里，连一点儿欣慰的东西都拿不到人前细说着，拔高着，仰望着，哪来的掌声和尊重？连一点儿显耀的资本都瞅不到众人的眼里，哪来的鲜花与青睐？

青春没有得意之处，如瞎子点了一盏明亮的油灯。虽然有的得意情结昙花一现，若干年之后，蓦然回首，那诗意般的场景从梦幻中飘来，逢人会夸夸其谈地说：“年轻时，我也拥有过。”

人，都有一颗想成名之心。有的在青涩年代，愣头青般的光亮着；有的刚步入中年，就登上了梦想的业界顶峰。

成名需要得意之心，得意能让人不知疲惫地奋进，也能让人拨灯熬夜地前行。有的人恰如其分地把握自己，有的人高兴得忘乎所以。把握也好，忘形也罢，青春时拥有的，是人生不可或缺的经历，也是智者千虑必有一疏的历练，它能在青春岁月中释放自我，也能在朝气蓬勃的韶华中富有生机。

或许，没了得意，青春平静得像死水一样；或许，没有得意，青春拔不出深黑的泥潭，并在苦涩的年轮上，看不到青春烂漫的笑脸，也体会不到忙碌与热情，也难有心襟与宽阔。或许生性孤僻，人生难有如意，多了愁疑。

# 清晨的阳光

清晨，阳光已从东边的山峦中射了过来，透着如绸丝般的薄雾，洒在金秋的稻田里，那稻黄灿灿的，弯着镰似的稻穗，一排排挤在稻田中。

我走在布满露珠的田埂上，露水打湿了双脚，那光从草丛的露珠里折射出来，一圈一圈地在眼前色彩缤纷，光芒四溢，把轻柔的雾气打扮得像新娘的纱裙，瞬间在田头雾起缭绕，曼柔轻舞。

我瞅着山那边喷出的阳光，照在脸上，便眯着眼睛见太阳的光彩，从眼缝里直扑过来，合上眼皮，享受着太阳的沐浴。

那一刻，我感觉到时光的倒流，心在怦然跳动；那一刻，我冥思着清晨阳光的灿烂，却闻到了初恋的味道。

许是岁月像这雾气里的朝霞，在朦朦胧胧的回忆中感觉到幸福的甜头。许是人生像早起迎头而来的阳光，在灿烂时得意，在雾绕时迷茫。

得意时容易让人跌宕山谷，迷茫时容易让人顿生惆怅。若有刻骨铭心的记忆从身边掠过，或是依稀地叨念着，生活会像这清晨的阳光照在脸上，把弥漫的心情驱散在田间地头，给人一种涣然冰释的感觉，会焕发出青春的神采。

不信，在阳光满地的早晨，踏上乡间的小路，望着该收割的稻，昔日的烦躁会像露草上的水珠，在阳光的折射下，瞬间释然了，被秋风吹得无踪无影。顿时，心里格外地舒坦……

# 秋

立秋已经过去一个多月了，说起来也怪，天气一下子凉爽多了，阳光远不如夏天的毒辣，那么闷热，那么难熬。

站在阴凉地里，那风一丝丝的，隔着衣衫透了进来，从皮肤浸入心底，那感觉凉得舒服。

我望着眼前微微在动的树枝，这要是在夏天哪感觉到凉意，即使天气预报说是有级别的风，立在树下也汗水直冒。

秋天了，立秋一过早晚说凉就凉了起来。尤其背阴的地方，风飕飕地吹着，凉丝丝的，空气也不那么潮湿，站在那儿身爽心也爽。忽然，觉得秋天了。旁边的石榴熟了，核桃在树上坠了下来，那树叶在风的摇摆中发出“飒飒”的响声，是叶没有夏天的柔润和娇滴，是叶迈过秋后失去夏的滋润和水分，开始衰老变黄而枯竭，开始失去水分而染成金色的秋天。

走在这样的季节里，我发觉岁月的苍老比风刮得还快，也发觉童趣的歌谣像人生的序幕沉在往日的呢喃里。

于是，在这样凉爽爽的秋天里，你还迷恋夏吗？不。是想拉着你的手，在红叶来临之际，或是落叶飘零之前，走进秋天的山里，享有山里的呼吸，也顺手摘一些红红的果子，捧到你的跟前……

然后，一起相视在那个秋天的记忆里、秋天的阳光里。

# 秋到颐和园

在一个节日的午后，一个多年未见的朋友从遥远的老家赶了过来，说是到京城想看看颐和园，领略一下古代帝王皇家王室的院子，那景那样地勾动着人的心思，也不论春夏秋冬地让人畅享着。

其实，在忙碌的时间里，找一个上午或下午，或节日的时分，拉着家人的手，或远方的同学，身边的朋友，在懒洋洋的日光里，行走在狭长的苏堤上，拥挤在人群中，看昆明湖中微微波动的湖水，那缓缓漂动的小船里悠闲自得的游人，瞅着眼前那一支支枯残的荷叶，回忆起夏日的荷花依稀地从逝去的时光里映入眼帘，那花在垂败的莲中，还残留着清香的味道。

走在这条多次路过的湖边，见岸边那一丛丛有些干枯的芦苇，不远处有麻雀飞来，落在芦秆上，压得芦苇不停地晃荡。

行人有坐在堤边的台阶上，在那里谈笑着，闲聊着，见一个孩子在旁边哭闹着，她的母亲有些不耐烦，便伸出了左手给那孩子一个巴掌。那孩子哭声更大，搅乱了父母的心情，也吵闹着这条悠闲自得的堤岸。

颐和园不论春夏秋冬，不管刮风下雨，人总是穿梭如织，步蹦前往。享受着春柳的飘絮，秋日的和煦。正如堤中楹联所写，“绿柳红桃风拂柔，汀兰岸芷晴舒暖”。

站在苏堤，遥望着远处，见十七孔桥在湖中安详地伸进小岛的树林里，许是那守候的石狮还残留着对洋人的愠怒，对国人的柔情。

那场沉痛的大火，烧痛了多少爱国人士，惊醒了多少故人的儿女，走在这块土地上，思着羸弱的那段历史，心未免有些苍凉。

于是，我找个空置的石椅，穿越着那石孔里的时光，一幕幕饱受凌欺的画面从历史的长河里警世而来……

那残阳如血的历史，总在滚滚留痕的岁月中，悄然地改变，向着前进的车轮，载着幸福的时光，悠扬在柔和的风中，享有着润面的细雨，唱着心底里的未来……

# 秋去华山

说去华山已有三十多年的心愿了。三十年前，那时我还是一个二十刚出头的小伙子，在西安某所空军院校上学。每次院校放假，同学们都叽叽喳喳地说，“去华山看一看”。我瞅着眼前说话有些激动的一位同学说：“那还能没机会？华山这么近，哪天都能去。”

可是，这个“机会”一晃三十多年了，一直没有实现心里的愿望。三十年来，每次路过都无不感慨地说：“抽出时间一定去爬一爬。”因为那是祖国的名山大川啊！登上去，一定会有一种自豪和慰藉，心里的激情会一下子澎湃地释放出来。

于是，在今秋一个雨后的天气里，我乘坐去西峰的缆车登上了华山。

华山，也有人称为太华山，是五岳中的西岳。它南接雄伟的秦岭，北瞰我们的母亲河——黄河，属秦、晋、豫黄河三角洲的交汇处，扼守西北进出中原的门户。有道是，自古华山一条道。华山的险峻可谓是天下难觅。

在缆车上，我望着拔地冲天的绝壁，如斧劈，似刀削，悬崖万丈，探不见谷底，两眼发直，不知所措，见对面一位年轻的姑娘，双手紧抓着膝盖，手不停地发抖，脸色显得有点苍白。另一个男子在一旁尖叫着，我侧头瞅着他说：“不要看，闭上眼睛，你身子动一下，缆车晃荡一下，大家更害怕了。”

坐在缆车里，我屏着呼吸紧咬牙齿抬头向外张望了一眼，见两山之间还那么遥远，那样的深不见渊，随着缆车在高空中不停地颤动，我的心一紧，心惊胆战起来，真后悔没趁年轻的时光过来爬一爬。华山，真不愧是天下第一奇险的山峰，相传曾有五十六位皇帝登过此山或在此举行过皇家祭典。

华山最可观赏的有五座山峰，分别是东、南、西、北、中等五座险峻的山峰，其中南峰最高，海拔二千一百五十四点九米。东、西、南峰，背部紧锁相依，互有通路，三座山峰像一张靠椅，走在里面，可消除来时的恐惧与害怕、紧张和哆嗦。但各自的背后又都是凌空深渊，万丈石壁，不敢伸头探望，倚在石边还心悸。

在西峰，沿着巧凿的古阶往上爬，心里总有那么点胆怯恐高不敢直着身子，我抓着沿石壁紧锁的铁链一步步地往峰顶上走去，那刺激的心情不可言喻，终于在阳光的爱抚下，走到不到十平方米的岩石顶上。那一刹那我伸出了双手，在盛开的莲花岩上，使劲地吼着心中的余悸。然后静静地躺在那里想着华山救母的神话，感受着身上吹来的一丝丝凉风。于是，便长长地嘘了一口凉气，即刻缓解了心中的紧张。

我站在峰顶，望着绝壁的山川，是谁鬼斧神工地塑造了这样神奇的自然地貌，是日的光辉吗？是月的宁静吗？还是风的遒劲，云的轻柔？我望着如劈的石岩，那一棵棵扎在岩石缝隙中成长的松树，那是生命的顽强，像中华儿女的意志，给我一片泥土，我能休养生息；给我一块岩石，我能榨成汗水。

在南峰，那个海拔二千一百五十四点九米的岩石上，一个形似心脏的小池里，那水飘着天上的白云，倒映着一个碧蓝碧蓝的天空，云像鱼儿似的，摆尾游动。我见小池的水面上漂着一些不沉的纸币，那种圣洁像山川里纯洁的空气，供人仰以鼻息。

我陶醉那一座座倚天拔地的山峰，墨绿如画般扑面而来；我迷恋那空旷如野的峻峭，惊险如失魂的逍遥自在。从凌空架设长虹般的栈道，到绝壁如猿翻飞的鹞子翻身，步步提心吊胆地不敢往下多看一眼，步步攀爬抓得手心冒着虚汗。

走在这样的山峰间，你能想象那晨曦喷射而出的阳光，是多么地让人醉恋，那太阳照耀在岩峰里，如金子涂抹似的辉煌。

我见千峰逶迤的嶂峦，沟壑巍峨的谷下，云飘雾起，雾漫云低，宛如仙境。那雾时而游荡峰中，时而飘飞谷底，一层层，一缕缕，如烟袅娜，如纱笼罩，淡淡的，柔柔的，一会儿耽溺峰间，一会儿沉湎眼前，如淘米水的色彩，泼洒在不敢攀登的悬崖峭壁上，染成了中国的水墨长城。

走在这样的华山岩峰上，仰望山岩边的秋天，不禁感慨人生的山峰，无论多少渺小，无论多少巍峨，无论多少艰难险阻，无论多少困境，爬好眼前的一座，如画的景色会在错综峻岭的山中，释放梦幻般的力量，撑起绚丽多彩、红红火火的生活。

# 秋日的阳光

当我揉着惺忪的睡眼，带着倦意瞅着一丝阳光从窗台的帘缝中透露过来时，那光落在地上，金灿灿的，像一个幸福的笑脸，烂漫在床前。

于是，我一骨碌地爬了起来，嗖的一下拉开了窗帘，见门前的庭院里，阳光满地，那光暖暖的，像温馨的回眸，没了夏日的暴晒与毒辣。

我常认为秋天的日，是供人欣赏的，它常在碧蓝的天空里，像一只悬挂的灯笼，把光芒四射的阳光，洒在金秋的土地上。清新的草爽朗朗地在秋风的吹拂中，和颜悦色地沉静在幸福的秋日里，那树泛着发黄的叶子微卷着，摇曳在风中，恬静地望着树上硕累的果实。

于是，我跑了出来，坐在庭院的阳光下，沐浴着秋日的温暖，开始追思着童年的梦谣。像这样的时光，我会躺在母亲的怀里，享受着无忧无虑的生活；像这样的阳光，我走在乡野的小路上，牵着喂不饱的牛，在田间地头享有着阳光的温情。

不一会儿，一位妇女从楼道里推着一个摇篮，朝庭前走来，那婴儿在摇篮里跷着幼小的脚腿，不停地弹蹬着褥子。他是想让秋日的阳光嬉戏他的小屁股吗？他是想让暖和的日头抚摸他那软绵绵的皮肤吗？

蜜蜂从那草丛里向远处蹿了过去，蜻蜓从树枝边飞了过来，不时地在阳光地里盘旋着，上下翻飞着，像娴熟的操纵师，驾着飞行的翅膀，在云淡的天空中，迎着秋日的光彩。

我静静地坐在这静谧的秋天里，安逸地忘记了世俗的喧嚣，也记不住春夏的宠辱得失。身子像脱掉凡俗的修饰和心中泛起的虚伪，轻盈在美妙的阳光里，心驰神往，恬淡欣然。

于是，秋日的阳光不再寂寞，也不再畏惧严冬的到来。她在蓝天白云里裹着和暖的金黄，她在树染的秋色中藏着喜悦的清淡。

我望着湛蓝的天空飘着的朵朵白云，那份晕眩的光彩，激起心中莫名的舒坦。

于是，走在秋的日头里，背如火烤似的温暖。那温暖柔情似水，流淌在世间的目光中，延伸在红黄的树叶里，等待一个个秋日的到来。

# 秋天的菊黄

我识菊时，多数是儿时的乡下，在落叶干黄的秋天，走在田野里见山边开着一朵一朵的小黄花，扯起来玩耍。那花闻起来好香，熟知的人告诉我，那便是菊。

那时，我还是小丁点儿，见菊花黄黄的在山坎上，田埂旁，草丛里，树林下，小河边，一棵棵，一簇簇，一片片地生长着，在枯叶的秋天中吐着扑鼻的芳香，心中便产生了对菊的眷恋。

记事起，每到秋季的山上树叶快掉光时，便随着父辈们上山开始采摘。那时，每天都是天没亮时起床穿衣，提着篓子，带着袋子走进深山里，直到太阳落山后才开始吆喝着回家，而每晚都是摸着夜路回到家门。

在家里，有时望着一袋子野菊花，在房间里散发着迷人的花香，摸着身上湿透透的汗，还不时地回忆着在山上采菊的情景。

野菊在山上有时能遇上一片，多数是这边一棵，那里一丛，有的长在藤蔓里，有的生在树刺中。采摘时，不小心手被刺扎得一个口子一个口子的。因野菊能当药卖，秋后闲余的时间，大家翻山越岭地一个山冈一个山冈地采摘它。

高中时，我见文中对菊花的描写比在山里采摘的要大，并且还有红的、白的、粉的、紫的。我才知自己对菊花的了解是多么肤浅，见笑于人。

于是，在上学的日子里，我便对菊花有种偏爱，谈不上痴醉，可每到一地若有成片的菊花，在那个黄昏的日子，便要亲自去看一看，或是夜路，或是攀岩，或是爬山。正如元稹所说的：“不是花中偏爱菊，此花开尽更无花。”

记得在大学的时候，听说学校附近的公园里在举办菊展，因那几天课程安排得比较紧，抽不出时间去观赏。我就与另一个同学在上课的期间偷偷地溜了出来，跑到菊展里。

这是我见到菊花最多的一次。它的品种，它的花朵颠覆了我对菊花的认同。原来菊花开得那么大个儿，雪白的、粉红的、绛紫的、金黄的……相互拥挤着，仰望着，天真得像个孩子，让人目不暇接，十分着迷。它像一团火一样，激起我心中的澎湃之情。

那天，我刚离开教室时，赶得不是时候，正巧学员队长到教室来查课，见我和另一个同学不在，回来好一顿批评，并在学员队里做了检讨。

爱一物就得有一份的付出。

后来，每遇菊花，我还是喜欢金黄色的那种，它像太阳的光辉，又似火的力量。它那如丝的花瓣，紧密地围在花蕊的周围，让我看到花瓣的团结，花蕊的芬芳，菊花的力量。

它朴实，又惹人喜爱；它清香，又不泛淡雅；它自爱，又不失晚节。走在秋天里，随手摘一朵，那温馨的味道让人觉得秋的菊黄不只是一种观赏。

忽然，想起宋代朱淑真的诗句：“土花能白又能红，晚节犹能爱此工。宁可抱香枝头老，不随黄叶舞秋风。”为此，我爱菊花，也爱秋天的那株。

# 去个梦想的地方

我常在多彩的梦里飞过高山、穿越河流，去寻找那个梦想的地方。

那里有一望无垠的草原，隔着碧蓝的湖水，远眺寒光闪闪的雪山，山的那边有块金灿灿的稻田，稻田的村头飘着缕缕炊烟，那烟掺杂着米饭香喷喷的味道，让人在梦中缠绵。

那个地方是梦在萦绕着，是块清静之地，又是心灵的归宿之湾。

那里有喝不完的奶茶，吃不够的野味，牧不完的草场。那里飘雪的时候，草地瞬间白得像夏日的羊群你追我赶。

想把它收藏起来啊，织件暖冬的绒衣穿在身上，让身洁白如玉，让心温暖如炉。

那个地方似梦想的翅膀，有风无雨的日子，任它飘零，任它驰骋，有雨无日的天气，放飞心灵的窗户，让风吹湿脸庞，让雨透湿心灵。

那个地方是梦想的力量，梦到它，浑身如轻舟掠水，在急湍的涡流中惊梦般地享受一刹那的喜悦。

于是，我常在向往中把梦冰释在一页纸上，又常把梦埋在久渴的心里。

古人说，圣人无梦，俗人梦多。其实，生活中有梦才知生活的甜蜜、人生的困苦。

去一个梦想的地方，才知人生的秋天是多么缤纷斑斓。去一个向往的地方，才知生活的落叶是多么洒脱而又超然。

爱梦，是生活的乐趣。有梦，才是人生的理想。在那个梦想的地方，现实就像房前炊烟的飘香，钻进人的心扉里，滋润着幸福的光芒。

# 去趟那个神奇的地方

年初时，心里就想找点儿空闲的时间，去趟美丽的贵州，看看那里的山，那里的水，那块神奇的土地，那个神秘的地方。

因各种原因，直到国庆的前夕心里才确定下来，从手头挤点时间坐上了北京开往贵阳的高铁，那车像疯了一样南下着，还没等一杯水喝完，就跨过了江水滔滔的长江，向那个心中的地方驶去……

我常在心里思绪着那个地方，那里的村寨，那条河流，那条大山里弯弯曲曲的山路。

那里的水，流淌着中国最大的水帘，像宇宙的生命从早到晚，日出日落，川流不息。那里的山，有一块似蘑菇云般的绽放，有人说那是中国人的拇指，也有人赞它是自然风化的绝伦，我想抚摸那块地质的山体，思考着那个海洋时代，那个海水退却形成的山岩。

心往那块地方，我想走进深山的瑶寨，瞅一眼那一绺绺，那一层层，宽窄不一、长短不齐的人凿梯田，翻块旧砖头，坐在田埂上，寻思着那种阵痛的呐喊，那个铁锹和锄头的挖掘声，掺杂着婴儿的啼哭声，我想从梯田的边沿儿寻觅一滴滴汗水孕育的故事。

有报道称，那里的路像个花园。也有人说，那里的桥架起的是一种幸福的声音。是路连着山，是山连着水，有水就架桥，有桥就能听到山的声音。

那种呼唤，像小孩失去母亲的嘶喊；那种呼唤，是一种美丽想在世人前的呈现。或许，嘶喊的是山的灵魂，呼唤一个美丽的世界；或许，不定哪一天，真的呼来了一个新的文明世界，从宇宙那边飞来……

# 让心灵有个去处

心灵是世上最易暖和的一块圣地，也是最易打动最易接纳的一种情物。它像暖冬的太阳，在寒风刺骨的雪地里予以温情般的温暖与光芒。

有时，有些人不珍惜彼此间泛起的那点儿暖意，也不在意身在和风细雨的街头，那句好言归劝相惜与共的话语。往往认为那句良言是一种阻碍，认为那份善良是一堵隔阂的墙，不能将心灵融入彼此的心间。

心灵是一种灵感。在雨如雾的天里，它像美妙绝伦的仙境。在内心烦躁的时候，它又像个爱哭的孩子，不听大人使唤。

有时，它阳光照人，五光十色，处处让人高兴。有时，它又费神费力，难以把持，时时让人难愁安慰。

其实，心灵是一个没长大的孩子，它像花朵，有开有落。它像天空的月儿，或缺或圆。高兴时扔到哪儿都是家，伤心时像一个无头的苍蝇，找不到落脚之处。

人，在阳光灿烂的日子里，要让心灵尽情地绽放，像鸟儿在空中飞翔，像云儿在山川飘落，似舞台上的歌女，音落在哪里，情舒展在哪里。若在阴雨连绵的季节心境不顺时，给它留块儿伤心释放的地方，让心灵在泪水中倾泻而出，在忧愁中长叹而眠，在悲凄中忘情而安。

这样，心灵才在归属的途中有一块栖息之地，得到慰藉。

让心灵有个宽慰的地方，人才在快乐时更为快乐，在忧郁时能更好地调整心态，在彷徨时更好地释放负面情绪，让心情阳光，让心事暖阳，让心灵熠熠生辉，生活得亮堂。

# 人生需要一种素质

一条船航行在大海里需要一个坚强有力的舵手，一栋楼建设成摩天大厦需要一群吃苦耐劳的泥瓦匠。生活需要一种能力，这种能力让人在贫困中得到饱暖，让人在寂寞中学会坚强。

人生需要一种素质，能走会爬的素质，跌倒了站起来的素质。这种素质不一定有多么高尚，也不一定有多么精细。它能在生活中让人养家糊口，在茶余饭后让人生出感慨。

这种素质不是崇尚的哲学，也不是人文间的涵养。它是生活中的一种能力，也是生活中需要掌握的一门技术活。

人有技术，不愁就业。工人会做工，农民会种地，机关干部会写，外交人员会说。在众多的岗位中，不一定出类拔萃，但最起码懂得撸起袖子把活做好，让人看得眼前一亮。

生活中的事情很多，不可能面面俱到，无论哪一个行业都需要一定素质，一种勤奋，一份努力。

人不勤奋，再简单的事也是难事。人不努力，再容易的做法，也会弄巧成拙。

朴实是生活的基础，埋头苦干终究会在一定场合一定技能的范围内有自己的一席之地，熟能生巧，巧媳妇就是无米也能想出办法来。

生活中，闲人很多，懂得一门技术的人很少。站在大街上，见那些游手好闲之人，胸无点墨之人，其实是没有什么素质的。一个连鞋都洗不干净的人，自身的素质能强到哪里去呢？难怪一些人找不到工作，这些人应属于既是扑不下身子又放不下架子，不肯吃苦之类的了。

学会一种技能，达到一定能力，才能在生活中驾驭一种幸福的日子，过上美好的生活。

这样，解决了自身温饱的问题，方才在朴素的唯物观中追求人世间的情怀，想他人所想，那是一种高尚的情操，更是一种美德，一种责任。

那是人的高尚，人生中的另一种境界，常人所不能及的。

# 人生中的沙漠

人生是一条崎岖不平的山道，它蜿蜒逶迤地向生命的高峰中延伸着，它能把高山置于自己的脚下，也能把一望无垠的沙漠在心中化作绿舟。

人，生下来心中对世间的事本是一片荒芜，像一片沙漠，靠自己艰辛付出的汗水浇灌，才能冒出一点儿绿色；靠勤劳辛酸的双手劳作，才能慢慢拂去心中的尘埃，给生活一片明净的生存希望。

有时，人生的沙漠是一块岩石般的僵化，没有努力就没有收成，不付汗水就得不到甘露。在生活的途中，它见到勤奋的人就退让，见到追求的人就萎缩，见到崇尚的人会沁出心灵里的甘甜。但它对懒惰无志的人粒沙不移，对懈怠无责的人寸沙不让，对安逸无求的人风化到底。

有时想，每个人的心中都有一块沙漠，有的大有的小，大小的区别是人付出的多少而定。生活中，有人用知识植被着心里的荒漠，让它在生命的途径中生长一片茂密的森林；有人用汗水灌溉着生活中的荒野，让它在幸福的路上奇异多姿，丰富多彩。

可是，多少人在人生迈向沙漠的时候，却又风卷残云，沙起洲去。有的人太扬扬得意了，认为自己穿越了沙漠，再无人生的风险；

有的人太狂妄自大了，觉得自己在人生的沙漠中汇集了一池清泉，就高枕无忧地享受着眼前的光芒，那光芒会灼烧其华，让人在浮躁中颓废，也会让人在荣誉中摔下马来，不得而安。

其实，人生的沙漠要处处小心谨慎地去维护、去滋润，无论哪一粒沙子掉进心中圣贤明德的血液里，都会堵塞生命前进的方向，都会让人暗淡无光地失去未来。

所以，护好人生中的沙漠，枕书而眠，握笔而作，披星戴月地在追求的路上孜孜不倦，矻矻以求，人生的沙漠才能生出绿来，才有一池月牙泉般的清泉滴淌在生命的光环上，是那么地朗逸鲜亮，那么地欢歌吟唱……

# 人性间的温暖

又封路了。

牛子从家出来开车上了四环路后，没见有几辆车。老远望去，一辆警车还横在路的右边。他在心里嘀咕着，怎么又封路了。他抬手看了看表，要是前面马上通车，这次约会应该不会迟到。

前天，市里公众信息平台上预播了今天四环路上封路的时间和地段。牛子没有在意，也没细心地了解当日的路况信息，便早早起了床，想到上午九点的约会，他简单地收拾了一下仪表开车出来了。

牛子三十二岁了，还没处好对象。这是他第三次相亲，前两次都是因为迟到失约让对方好等而与爱神擦肩而过。

这次，他在心里念着："一定早点儿过去，不能让人家等着。"

他高兴地开车到四环路时，见前面临时禁止通行，心急得开了过去，见前面有四五辆车停在那里，突然想起来市里今天举行的重大活动，他拍了一下脑门儿，想着女孩在那边等着，在车里叫了一声："哎哟我的妈耶，今天算是碰上灾星了。"念着念着，他想掉头回去，可他又犹豫了一下，把车停在那里。

牛子的举动前面的警察全看在眼里，见他有掉头意向，立即跑了过来阻止。

警察来到牛子的车前，见牛子的车停在一辆车的后面，伸手敲着牛子驾驶室旁边的玻璃。牛子打开车窗，警察让他拿出身份证和驾驶本来。

牛子见警察在检查自己的证件，便在车内牢骚满腹："真倒霉，又失约了。老天爷真是成心让人打光棍。"

警察拿了他的身份证和驾驶本，上网查了查，见牛子没有不良记录和失信事宜，瞅了瞅他。

"你不知道掉头逆行是违反交通法规的吗？"

"知道。不是没看交通信息吗？刚才见后面没车来想掉头回去。"牛子侧头回答着。

"还没谈对象？"警察望着车里的牛子问了一句。

"没有。"

"岁数不小了，该成家了。"警察递给身份证和驾驶本时看了牛子一眼。

"这不是去谈嘛，路又封上了。"牛子无奈地说着。

警察望了望牛子，见他老实巴交的样子，转身离开了牛子的车前，朝道路隔离护栏边走去。

护栏开了一个甬道岔口，警察让牛子从岔口掉头下了辅路。

环路上一辆车没有，牛子的车眨眼之间开得不见踪影……

# 三江风雨桥

三江位于广西壮族自治区的北部，在湘、桂、黔三省的交界处，也是浔江、榕江和融江的汇合地。

那里最闻名遐迩的是侗族风雨桥，始建一九一二年，位于三江侗族自治县林溪镇，是侗寨风雨桥的代表作，也是目前保存最好、规模最大的一座风雨桥。

据有关资料记载，该桥与河北的石拱赵州桥、铁索泸定桥及杜撰的罗马"钢梁诺娃上的沃桥"齐名，为世界四座历史名桥之一。此风雨桥为石墩木结构楼阁式建筑，两台三礅四孔。礅台上建有五座塔式桥亭和十九间桥廊，其横跨江水，气势壮阔，蔚为壮观。

一九六五年著名诗人郭沫若身临林溪时，为该桥留下了浑厚的墨宝。他见侗族儿女勤劳勇敢，幸福如歌，即兴写下了"艳说林溪风雨桥，桥长廿丈四寻高。重瓴联阁怡神巧，列砥横流入望遥。竹木一身坚胜铁，茶林万载茁新苗。何时得上三江道，学把犁锄事体劳"的绝美诗句。

二〇〇九年九月，侗族儿女聚集三江文化的智慧，在县城浔江河中复古，历时一年四个月，建成堪称世界第一风雨桥。

其桥横扑江面，如龙腾虎跃，每根木榭凝聚了侗族人民的智慧与汗水，也凝结着那个恩爱夫妻被花龙救护的动人传说，这个传说使美丽的浔江更赋仙气。

在三江，我见那里的侗寨依山傍水，风景秀丽，河水淙淙，那桥的传说如虹一样降落在两旁，滋润着侗族儿女，增添着幸福的歌儿。

我望着那座经历过风雨的桥，那个大年三十跑到桥上去寨里偷新娘的新郎，趁那个隆重节日的夜色，偷回了爱的甜蜜，爱的幸福。

那就是风雨桥真正的内涵，一个养儿育女的故事，一个快乐的风雨之夜，趁着大年的夜色，悄悄地从桥那边偷来……

# 深圳，这座如日出的城市

深圳，这座改革开放的前沿城市，我常在春天的故事里品尝着党的阳光，政策的信念，也在北方的城市翘首它的容颜，它的风骚，它的现代城市的气息

自打开国门，它阳光如霞般地成长，也在党的政策指引下昂首阔步。它为中国劈开了一条富裕的道路，也为城市的发展点亮了一盏旷世持久的明灯。

于是，人们来到了这座开放的城市打拼着，有的拖家带口，有的辞职下海，有的在白猫与黑猫之间徘徊，有的夜以继日地探索城市发展的未来。

自打开这扇中国式的发展之门，有的不择手段地一夜暴富，给空静的心灵涂了一层浓厚的封建色彩；有的人钱多了，想入非非；有的人迷失了，扭曲着自身本不很正的“三观”。一段时间，有的人开始挖着中国的墙脚，有的人开始自毁中国的钢铁长城。

人有欲望，并不可怕。但人有贪欲，终究自掘坟墓。那样的城市那样的未来，有的人触碰了生活的底线，也违反了改革开放那个美好的政策，一些人在物欲横流的时代，掉进了历史的深潭，一时把社会风气带进了自不量力的邪门歪道的观念之中。

站在深圳，走在这个人群拥挤的街道，耳闻着身后那个高得可怕的房价。

幸福在哪里？在拥挤的路上吗，在那层高价的房屋里吗，在招不到人的工厂里吗，在不为诚信的相互欺诈的商业游戏里吗？

人，开始反思了。内地城市发展之快，在国家政策的号角下，也在不同层次地拼赶着，超越着。到那时，深圳还有那样的优越感吗，还要那样地坐等政策的优惠吗？一座城市的未来，不能在拥挤的人口中自赏其乐。

开放的思路是给请命于民的人的，也属于智慧的阶层。集体利益的团队，哪个道踩错了，哪个城市将失去发展的动力，失去健康的未来，也就没了生机，没了活力，没了驱动的方向。

到那时，再回过头来反思，是多么的愚蠢至极。

幸福是一座城市生存的基础，也是城市发展的源泉。若一座城市里的人成天在焦虑中等待，在烦躁中生活，再“高大上”的楼房，又怎能打造灵魂的幸福感呢？再快速的城市高架，怎能架设人们的幸福向往呢？

虽是冬天，在这个暖如春天的街上，见来去匆匆为生活奔波的人群，影影绰绰地感到那个按部就班的思维后面，有一股寒流要来。那样，内地一些城市的潜力与活力，终究有一天会超越它的城市容貌，它的经济实力，它的幸福指数。到那时，人还往这座城市奔来吗，在这样的城市生活吗？

深圳，这座如日出的城市，愿再借势国家的政策，抓住大湾区的发展，把好自己的脉搏，创造一个美好的幸福未来。

# 生活与鱼

生活有鱼，必是口福。

想起多日饭菜没有鱼味，趁天快要黑时，便去了一趟院里的超市。那里有个鲜活摊位，多是草鱼、鲤鱼和鲫鱼，店员常把刚死去的鱼捞起来，放在冰块上。

鱼死去不久，价格自然便宜下来。见店员从鱼缸里捞起两条刚死去的鱼，上去问了一下。

店员说："两条都要半价，七块钱一斤。"

我望着他用一只手抠着鱼鳃提着鱼，在一旁接过话说："不贵。"

他瞅着我犹豫不决的样子："买了吧，回去放冰箱里，吃时方便。"

我提了提冰块上的鱼，足有三斤多重，他又补了一句："买了吧。"

于是，我在活鱼与死鱼面前徘徊了半天。最后，放下了虚荣的脸面，交了半价的钱。

其实，活鱼与刚死去的鱼买回来食之，鲜味差不了多少。可人有时讲究，觉得从鱼缸里捞起来的活鱼，买起来脸上焕发出红润的光来，觉得生活过得光亮。若去买一条死鱼，心里觉得别扭，会让店员小看了自己。

买活鱼还是刚死去的鱼，其实是生活中一件微不挂齿的小事，可折射到传统的思维里，那是一个崇尚的经济生活。

生活需要俭朴，勤俭的人总是把心思放得远些，把目光落在现实里。也就是说，哪个有益于自己，有益于现实里的生活，哪个就更为适合自己。

生活中，我们常高调地下一顿馆子，有时也爱酒肉饭饱地说着吃得不错，在那双筷子夹起肉食塞进嘴里时，我们从没计较它的死活，也从不问及它的出处。

生活有时得图个便宜，便宜的事能让人吃上两顿鱼来，如那群排队买菜的大妈，还有“双十一”网购的帅哥姑娘们。其实，这个群体的人很多，属于大众里的那种。他们生活中很有韵味，活得体面，也很自在。

# 生活在鲜花里

我曾在历史的残书中翻阅着唐代的盛世，也在夜深人静的时刻品读着宋朝的历史。然而，在对历史泛读的章页中，却发现人的幸福随着变革的时代悄悄地驶来，像春天的花儿，沐浴在阳光中，生活在花丛里。

这种生活是世代中国人的梦，也是华夏儿女肩扛前进的责任，从泥泞的路上到迈入向往的大道，从滴淌的汗水到眉开舒心的笑靥。

曾几何时，有的人在沉闷中闻不到花香，有的人昙花一现淹没在改革的潮水里。有的人劈山毁地、排污废田，有的人沆瀣一气、恶浊众里。山没了树林，河没了清水，人贪念丛生。

于是，面对这种混沌的思想状态，腐蚀了历史前进的车轮，也撕扯着改革开放倒退的步伐。于是，大梦觉醒的中国人，抡起了斧头，立起了壮士断腕的雄心壮志，凝聚了抓铁留痕的宏伟气魄，自改革的法度明晰可鉴，文明的规矩布章施来。春天满树似小喇叭的迎春花朵，向万物敞开第一枝心扉时，姹紫嫣红的景象随和煦的春风吹来，洁白的梨花，粉红的桃花，一片片，一棵棵，一簇簇，从南向北，从东往西，烂漫在行人的脸上，温情在人们的心里。

你瞧，那枝含苞欲放的花朵，在濛濛细雨的滋润下，伸在小区的窗前，温馨着万家灯火；你看，那些忙碌的行人放下心头的担子，三五成群地踏进自然，悦目着夏的荷叶，秋的菊黄，闻着清新淡雅的花香。

难怪有人埋怨，去哪哪儿人多，难怪有花草的地方人密如织。

爱花，是人的秉性。可生活在花里，是人的一种品位，也是一种人文的修养。它让人享受物质生活的同时，崇尚精神的世界。把物的唯美与人的鲜亮构在一起，让人在花的氛围中，积攒着一种时尚，一种热爱大自然的时尚，一种倾心于幸福的时尚，一种陶醉于精神追求的时尚。

那花会在生活中其幻其乐，生活也会在缭乱的花中温馨滋润，康遂福长。

# 生命的顽强

登山攀岩，或是涉川步沟时，总见一些不名的小树或野草，从光溜溜的石缝里伸展出来，翠绿地在贫瘠的岩石间冒出生命的光彩，是那样地孤寂于石壁之中，又是那么地让人伏案而绝赞。

事物的神奇是多么让人不敢相信自己的眼睛，甚至颠覆着知识对生命的认同。原来，生的力量具有像根那样的破岩之势，也是那样地锐不可当，无须呵护。

记得一年深秋，去登玉龙雪山时，一路喘着粗气想坚持多向雪峰的方向挪动几步，因高山氧气稀薄头胀裂似的疼痛起来，爬到海拔四千三百三十多米时，突然发现寒气如冰的雪峰裸露如沙的岩层边上，一朵紫色的小花，在无水的风化岩石上逆风而动，悄然舒展。

顿时，我越栏而过，蹲在它的跟前，见岩石一层一层地风化着，那花在众多的石块之间存活着，心中顿感生的力量是如此巨大，也为那朵不知名的花在雪峰中傲视万物而生长所惊讶。

有时，我感受自然界的力量如此神奇，也感慨万物的生灵如此灵性，不为恶劣而生存，不择沃土而降生，不需呵护而旺盛。在华山，你看那万丈绝壁的悬崖上，那无针可插的岩缝里，青松紧偎，根系裸露，一棵棵生的欲望，攀附在无土的石岩上，不畏寒风，不怕日焰地生长着。在安顺，你见那棵破石而下的葛榕，把一块巨大的岩石胀裂得可伸进拳头，它穿石而过，沿石岩往下，盘根错节，多有十几米长。

有时，觉得生命的成长不需要什么水分是那么茂盛；有时，觉得生命的成长不需要什么土壤是那么茁壮；有时，觉得生命的成长不需要什么培育是那么鲜亮。

在岩石上，你见那一小撮沙土间却飘着花香；你见那指缝宽的岩层里，却冒出葱翠的一棵草来。望着它，不得不惊叹而怀，生的穿石之欲；不得不咋舌称奇，生的灵性和意志。

有时想，人的生命在一种信念中生活着，有的靠出没在荣辱中如履薄冰着，有的在含辛茹苦里巴望着幸福。那么，物呢？物是不是有了一种灵性的所在，才有生命的顽强？人有时是不是有了顽强，才有生命的光亮？

# 时间是挤出来的

在晨起日落的霞光里，我曾感叹过光阴在手头的缝隙中溜得太快，也曾感慨过人生的瞬间都是那样一闪而过的分分秒秒。

日常生活中，我常为一顿饭的相聚不在乎日的长短，月的圆缺；也为家庭中的一些琐碎杂事扯上一个晚上。

有时发觉该读的书籍落满了灰尘，有时写下的文章只见一个段落的句子。

时间去哪儿了？时间在不珍惜的摇篮里，时间在冒着热气的茶杯里，时间在甩手出门的觥筹交错的场面里，时间溜进了虚荣的岁月里。

有时，我也乐颠儿乐颠儿地东跑西去，也因为天太冷把勤奋的思维放进冬眠里。

时间都去哪儿了？看见袁隆平，还能说时间不够用吗？那个九十多岁的老人还奔走在稻田里忙碌地工作着，那个九十多岁的老人还在田间手抓一把稻穗露着乐呵呵的笑脸。

于是，我无数次翻着他的文章寻着他的足迹，看到他的成果他的功绩，却发现时间流淌在成功人的汗水里，时间嘀嗒在有心人的忙碌里。

人忙，才觉时间短暂。人忙，才觉分秒转得太快。有时，我也在高铁上在手机里写写画画，也想在午休的时间里找点儿学习的感觉。

我有一个初中没毕业的战友，他的文章写得很好。起初，他连一个句子都组词不好。每到夜里，他坚持着，别人睡觉时，他在岗亭里掏出了小本子；别人站岗时，他替下了战友，接过手中的枪，在岗亭那块微弱的灯光下，曾写出了军报的头条。他说：“别人在吃饭时，我只不过是快吞了几口。”他的时间，就是这么挤出来的。后来，他调进了原总部机关，是一个非常优秀的“笔杆子”。

挤时间不是一时所想，而需长期坚持。说到做不到，是一句空话。做一天歇三天，谈不上是爱惜时间。时间是给有理想的人准备的，也是给立志努力的人在时间的赛跑上备好的赛道。挤点时间，是对自己在青春岁月中的一种鼓励和激励，也是给自己在偷懒时一个励志的回味，把它支配在求学的路上，时间才会闪烁着灵魂般的光芒。

时间是宝贵的，看你挤还是不挤，钻还是不钻。

# 是非之地莫去

我们的古人和祖先曾在习俗与育人的教诲中，给后人留下了一些戛然而止的警示和忠告，也规范了一些让人不能违背的行为和方式，相传下来，是想告诫后人，祖上积攒的东西，是一代代人的经历，也是生活中累积的丰富经验，甚至是祖上的规矩。虽然有的没有什么科学依据，但又在现实的生活中不可触碰，不可独得。

在家里，老人常教育子女是非之地莫前往。因为是非本身是个麻烦的地方，谁想让自己的子女涉足麻烦呢？那样生活会招惹是非，心里不痛快，产生一些怨言。这种怨言带到工作中、日常的生活里，影响自己的前途和幸福，也造成不良的情绪和负面的影响。

其实，是非之地是一个矛盾之地。它能人为地把矛盾上升到另一个层面，由小变大，让好事变坏，招惹是非，惹出烦恼。也容易让一个刚步入社会的人，或不听规劝的人误入歧途。

有些地方，人不能多去，甚至不能前去。如一些孤山野岭，总见一些不听话的驴友显示自己的能耐，非要前往，结果是人财两空。

人常说，蝼蚁尚知惜性命，凡人如何不贪生。悬崖之下少驻足，是非之地莫乱行。世事的警告若当耳旁风，后果是可怕的。

有一个朋友喝了一杯小酒儿，非要桑拿一下。那里是党员干部的是非之地，因酒后把握不住自己，做了一件违反党性原则的事，结果断送了自己的幸福生活。

是非本身就是人生旅途的一块绊脚石。趟涉其中，祸会不请自来。若绕道而行，或得知后止住自己的行为，那生活便是一片晴朗的天空。

记得在读小学时，父母就在跟前警示过我，说湾里那头少去，那里的大人孩子事儿多，不爱读书，也不讲理。父母的意思让我平时多把心思用在读书上，少去招惹他们，一旦惹上不知因什么事会找上门来。

那时，我对是非之词理会得不是很明白。直到上了高中后，慢慢地读懂了其中的内涵。

尤其人到了一定年龄或岁数，更不能踏入是非之地，想非分之想。那样，艰苦奋斗来的，会一夜毁墙，失去原有的梦想。

# 霜　降

天有些凉了。清早，母亲刚迈出家门槛见地上下了一层霜，又返回家中的院子里，冲着我们兄弟几个喊："天冷了，你们几个衣服都穿厚点。"说完，又提着菜篓子跨出了门槛。

记得那天早饭时，大人们端着碗坐在门前的石板上一边吃饭，一边念着，说是霜降到了，可以摘树上的柿子，上山采些野菊花了。

大人们吃完饭还端着碗坐在那里闲聊着，说着霜降后的天气，山上的收成。

忽然，我想起那天母亲在湾头碰上隔壁二爷说的话。

"二爷，你身上有钱没，借上两块，等霜降后树上的柿子下来卖掉再还你。"母亲以孩子的辈分对二爷说着。

二爷说："我身上就两块钱，过两天也要用，不行先给你，孩子上学要紧。"说着，二爷从上衣兜儿里抠了半天才掏出来。

母亲接过二爷递过来那张皱巴巴的两块钱，塞进裤兜儿里，并对二爷客气地说完去菜地了。

二爷说过两天要用钱，是准备给小儿子相亲用的。他家日子虽然好过一些，但也不宽裕。

母亲常在家里念叨二爷小儿子的婚事，见我们一个个背着书包去上学，母亲说再苦再累没什么怨言。那天，见母亲从二爷那里借来的钱，我担心到时还不上。

早晨，母亲一大早出去上山采些野菊花回来，晾干后卖钱好换点儿家庭过日子的钱。那时，菊花晒干能卖两毛钱一斤。药材站要等到霜降后才开始收购。

母亲上山采菊花的那天早晨，我们兄弟几个吃完饭，按照母亲的嘱咐朝学校跑去。路上，见地上的青草里铺了一层白白的霜，觉得天真的冷了起来。我望着路边的柿子树上红红的柿子像灯笼似的，高高地挂在几片泛黄的树叶里，树叶上覆盖着一层毛茸茸的霜，心想柿子该能摘下来吃了。

母亲说："霜打的柿子甜。"每到霜降过后，湾里人开始忙碌起来，上山摘柿子，采菊花，到菜园收白菜，拔萝卜，去街上换些生活的费用。

那晚，母亲提着一篓子野菊花回来，一进门我们望着她惊讶地叫着："妈，你的脸。"说着都奔了过去接过母亲手中的篓子。

母亲眯着被蜜蜂蜇着的眼睛说："山上的蜜蜂太多，采菊花时蜜蜂围着脸上飞，头上、手上蜇了好几下。"

"你看，我的手。" 于是，母亲便伸出手来让我们看。

我摸着母亲伸出的手肿得像小馒头似的，便和兄弟们在一旁乐哈哈地笑了，母亲也笑了，而母亲的笑脸却是一条缝。

"九月降霜寒草衰，三秋落木塞鸿来。"在那个年代那样的家庭，霜降是湾里人生活的希望，也是急需用钱家庭中的一种期待，像那树红红的柿子，或山上的菊花，给湾里人带来幸福的笑脸和甜蜜的心情。

# 私欲与自由

案子终于如期而至，通知开庭了。

在公诉席上，我望着他在打开手铐的一刹那间，微微地侧了一下身子，向我这边低了低头。我见他低头时的目光是那么地诚恳，也是那么地如释重负。我将威严的目光投了过去，也让他相信法律，法庭是公平公正的，任何人因私欲与法抗衡，都不能网开一面。

记得第一次见他时，我们相互间聊了很多，他见我那么明事于法，心为所动。说着说着他笑了起来，突然他停了嘴中的言语，双手捂着眼睛，咧嘴号啕大哭起来。我还从没见过男人这样大哭过，歇斯底里的，像是倾泻身中的污垢，又像是在洗净心灵的污点。我见他悲伤的样子，鼻涕直流，伸手从包里掏出一片纸巾递给了他。他拿着纸巾依然哭音不减，悲痛欲绝。

从侦查人员手里接过他的案卷材料时，望着交接过来的厚厚卷宗，我翻了几页。又是一个农村成长起来的干部。难道贫困的出身会让人为所欲为吗？难道贫困时的希望就要在功成名就后私欲横生吗？

我坐在椅子上，一口气看完他的经历，他的悔过言辞。那么好的一名干部，那样地拼搏进取，又是那样地吃苦奋斗。他几次，十几次，甚至几十次将金钱拒绝过门庭之外，也曾在心中暗自警示过自己：不能，不能，千万不能。

可是，他终没能逃过金色的诱惑，也没能像在贫困时那么心志翼翼。他出事了，自己把自己送进了铁窗。

莎士比亚说："金子！黄黄的、发光的、宝贵的金子！只这一点点儿，就可以使黑的变成白的，丑的变成美的，错的变成对的，卑贱的变成尊贵，老人变成少年，懦夫变成勇士。"

正是这种变法，人才有了贪欲，灵魂才失去了自由。

# 天凉了，注意身体

天凉了，注意身体。这句再普通不过的话语，包含着多少人间温情，多少世事冷暖。

人，总有经意不经意的挫折，或孤寂的世态炎凉。在异地，在他乡，在独自惆怅，在寒风到来的时候，有这么一句问候，像寒夜中一杯热沏的茶水，暖身暖心。

有人觉得这是一句无聊的话语，或是没话找话的问候，可在他人的心中，那是没有忘记的惦念，也是胜过任何物质关心的言语，它拉近彼此心间的距离，也温暖了人世间的冷漠。

它没有权势，却很高贵；它没有势利，却赢得尊重。有的人说它是虚情假意，可这种形式的东西你却不曾开口，即使是亲情般的关系，也有不尽如人意的地方。

天凉了，记住加件衣服。这不是一般的念叨，也不是随便的问候，它藏露着真情般的温暖，也传递着亲情般的情谊。

记住它，在天冷的夜晚，或寒风悄然而至的时刻，说出我们彼此间的友谊，送去暖烘烘的问候，让人在远方的夜里，披衣惦记……

天凉了，多注意身体。

# 天星桥的水

离开黄果树时，突然想起了天星桥里的水，那水距入口七千米处，像一个盆地，水晶莹地似一枚钻石，镶嵌在岩石的两边。

那水轰隆隆的，像雷声似的。

我站在巨大的水涡跟前，从人缝里挤到一块观赏石上，寻思着水的来源。

天星桥里多是火山岩熔成的奇形怪石，有的两石拱在一起，形成一个门洞，有的相互争斗，只有容人之身的缝隙。沿石缝钻出来可见一石一潭，一潭一景。

那水静静地躺在岩石的怀中，甜甜地呼吸着天空飘来的空气，云映在水里似巴掌那么大的一朵，有时见蜻蜓飞了过来，停在水面的叶草上，不等回头瞅去，身后的游人急躁地发着脾气，一下子吓走了戏水的蜻蜓，我望它飞去的地方，不见水动，也未有细流，只见人头攒动，转身择另一条石道去了。

据游人说，刚才路过的地方人称水上石林。难怪那里的石头奇形怪状，蔓藤附势而上，有的像参天古木似的，多情而又温柔，有的厚实而胖墩，肥头大耳的。有的像隆起的胸脯，刚健有力，有的如一簇簇似开的竹扇，皱褶地弱如裙纹。

我想沿水的方向而去，却发觉两座大山之间，沟深石枯，无一滴流水。远望去那石黑黑的，似园林里的怪石，我侧耳细听，未有半滴水的声音。心想，水是暗流而去了。

于是，我沿小道下去，钻洞爬石，低首侧身，绕树而过，偶尔伸头望去，见沟深得发晕，扶石慢走。

行走了五六千米，突见河水从地底下钻了出来，兴奋得连跑带颠儿地奔去。

那水从山跟前肆无忌惮地蹿出来后，泻在一堆石滩里，有的撞石而过，有的急流而奔，有的似盆泼涌，有的顺缝而钻，眼前轰隆隆一片。一时间，惊叹不已。

再往下看，那水咆哮发威，如脱缰的野马奔腾而来。瞬间，势头汹涌，雾惊石劈，有的急撞岩石，回荡谷底，有的飞溅而泻，难以挂壁。忽然，我想起了唐代诗人宋昱的诗句："涛来势转雄，猎猎驾长风。雷震云霓里，山飞霜雪中。"

望着天星桥的水，急流而成的白色浪花像个心形，我好想把它截成一枚璀璨夺目的"钻石"，挂在心爱人的身上，让她洁白如花，眉心如画……

# 庭院角落

生活的美在哪里，在崇山峻岭中，在广袤的土地上，在一览无垠的秋季，更在门前的庭院角落。

我常在一个晨曦的早晨，或是夕阳沉没的饭后，怀着一种轻松的心情走在楼前屋后，那一片片秋风染黄的树木，那挤人的拐角，让人快走着，或慢跑着，都能流出一身汗来，让身体轻松，消食瘦体。

小院的庭落比较别致，常见一对垂暮的老人坐在排椅上，听着音乐，晒着太阳，看着眼前的一树红叶，相伴揉着腿脚。

那个推着轮椅的老头，蹒跚地沿着绿化带的边沿儿走着，我愣愣地望着他，家中的保姆呢？瞅着半天没见人影跟上，或许他还能动，或许是等着儿女到来。

记得是一个周末的午后，我吃力地提着两筐子土豆，从门口走进来，一位头发斑白的老人见到后，便走了过来：“来，我帮你提下。”我见他竟然没怎么弯腰就穿过了庭院，心里由衷地赞叹他的人品和身体。这样的年龄，还有这样的力气，身体力行地给人一种修养的境界。

人以群分。生活在这样耳濡目染的庭院里，每个角落都释放着其乐融融的情谊，它像暖和的太阳，即使是块坚冰，也让它融化成水来。

# 通灵大峡谷的绝唱

在云贵高原南部边缘的亚热带山区里，有个三点八公里长的峡谷。那谷深幽静，河水潜藏其中，从峡口到谷底，一股灵气飘来，游在山水之间，泽生着大自然的神奇韵律，常让人观后叫绝，流连忘返。

从谷口沿石阶而下，两边植被茂密，物种繁多，当地人把这里叫作植物“王国”。

沿石阶而下大约有十分钟的路程，有个藏金洞。那是北宋年间壮族首领侬智高的一个营盘。

据当地人讲，宋朝狄青进攻西南少数民族时打败壮族首领侬智高后，侬智高带着无数的金银财宝，撤退到这个峡谷的一个山洞，把十八担黄金藏了起来，后人叫它藏金洞。

这个山谷其钟乳石非常著名。常挂在千仞绝壁的山岩上，有的露目而睁，有的倒垂而附，在古树老藤的纠缠下，显得神秘莫测，望不见边。

沿阶前往，谷中不时传来哗啦啦的流水声，那水隐约像是头顶上流来，又像是从身后钟乳石的缝隙中倾泻而出。

伸头往下看，水泻石壁，潺潺流水，在乳石的沟壑中，涧鸣回谷，荡气回肠。

原来那里的水暗藏在地下的河道里，流动着天地之气，飞越在悬崖峭壁之间，气势磅礴，蔚为壮观。

我第一次见钟乳石这样地裸露在山岩上，插入在石壁中，坠掉在树藤间。它在与树相亲，与藤相拥，把山谷扮装得神奇而又浪漫，诱惑而又可人。

我见两边的古树密密匝匝，郁郁葱葱，青翠碧绿，从谷旁弥漫着古木的香味，犹如山谷飘溢的灵气，使人心轻身爽，沁入心脾。

不多时，见岩石侧身临空，我们弯腰前行，沿石阶的小道，小心翼翼地向谷底走去。

快到谷底时，见流水从那边的钟乳石里倾泻下来，淙淙地流到谷底的沟壑里。除了人的脚步声和喘气声，在静悄悄的峡谷里，就剩下山岩下的细流声了。

我们顺着河边往前走着，顾不上瞅着山岩上的植物，也无心恋着清澈的河水，那洗冲的鹅卵石和谷底里那些商贩的吆喝声，径直向峡谷里那个大瀑布奔去。

“哇！好漂亮啊。”前面看到的人在那里尖叫着。

那音从密林里传来，听了让人激动。

于是，我三步并作两步走，心有兴趣地急步前往。

“真的，好美的瀑布啊。”

望着那一百八十八点六米的瀑布从天而降，那水流，那气势，如虹贯耳，如目晕眩。仿佛天际边泻来了长长的一条白素，直垂山脚。那阵势，那气魄，宛如水帘仙境，飞流直下。

在近处，人还未到，身体已被落差卷起的雾水溅得湿漉漉的。我见水雾四溢，扑面而来，水泻在下面的潭里，清澈明朗，碧波荡漾，似玉涟漪，碧绿碧绿的。

我好奇地望着，那滔滔不绝的河水去哪了呢？那水通向天空了吗？那水暗流大海里了吗？那水好神奇啊，飞泻之后，瞬间消失在钟乳石中。

我望着瞬间落下来即刻消失的河水，通灵峡谷，潜藏地下，说不定在通灵的峡谷底下凝聚水的“脉络”，为人类绝唱，做个直冲云霄的壮举咧。

# 通往雪山的路

雪山的路，是条艰辛的路。它为智者敞开一道通天的心扉，也为强者藏着一条无人踏过的心路。

雪山是圣洁的，也是遥远的。那里有神话般的冰川，也有盛开似玉的雪莲。冰川一个个冰清玉洁，晶莹剔透，像一座座天然的浮雕，徜徉在洁白的雪山怀抱里。那雪莲独守着寒风刺骨的日日夜夜，在孤寂中保持一份心灵的纯洁，让人仰慕，让人心往，让人不可多得地拥有与希望。

那路，害怕吗？彷徨吗？

心有圣洁，雪山自然会有路相伴，有爱相随。那是人灵魂中的一种向往，在困难与迷茫面前，能点亮人生中一盏智慧的心灯，给人以汗水，给人以酸累，让人在滴淌的汗水里懂得一份尊重，让人在艰辛的酸累中学会了坚强。

那路是朝雪山的路，那路自然会有危险，也自然会走得艰难。

其实，世间的路，无论是心灵上的，还是人生旅途中的，其中哪一种都得虔诚地恪尽职守，都得打开一种信念坚定地朝着一个方向走去。即使再险的道，也能脚蹬其中。

有人说，有心就有路。雪山的路是为有信心的人准备的，也是为有毅力的人开辟的。通往雪山的路，其实是条心中的路，它纯洁像冰川上的雪，它圣洁像玉女的眼睛。那雪洁白得让人醒悟，那眼神的光彩能让迷失的人寻找真爱。

于是，在众多的想法后，择了一条去往雪山的路，那路艰险得让人放弃一切杂念，全神贯注地凝视着雪山。

那路考验了人的能耐，也磨炼了人的智慧，那路是人的一份经历，也是人生中的一种探险。

踏上了，才知生命的意义。踩上了，才知人世间的险恶。无论挪哪只脚，都在你跨步的前方，等待你去涉险知难，自强不息。

# 涠洲岛的景

涠洲岛是一个美丽的地方，有别于其他岛的情调，其他岛的风韵。

岛上的景有自然的风光，也有人文的风采。那个独特的海中小岛，不吵也不闹，既没有都市的繁华浮躁，也不像海南景点中的欺生杀熟。虽远离北海不到四十海里，但在北部湾的怀抱里，一直传承着勤劳与勇敢，善良与厚道。改革开放四十年来，这里基本上保持着纯朴的民风和大自然的清静。

所以，到涠洲岛不光是饱尝那蓝色的海水里月亮湾上传情的歌儿，更重要的是体味岛上的风土人情，那份安逸的生活，那个幸福的笑脸。

那里有望不够的蓝色海域，也有观不尽的人间仙境的五彩滩，还有火山口里那个传说中的鳄鱼眼泪，那个月亮湾的故事，弥漫着沙滩上的琴声。有人大清早地跑到贝壳沙滩去观海，想静静地瞅一眼海上升起的霞光，给日后带来福分。有人拉着情人的手，奔赴在慕崖村里那个网红的石崖边，欣赏一下日落，想在晚霞余尽的时分，双手合个心形，把夕阳藏在里面，把心思带回家中。

而后，那个多情的小伙子，拉着姑娘的手，去道边的一家饭店，品尝着海味，聆听着海的故事。

其实，人的成长犹如沙滩上的赤、绿、黄、橙、紫与黑，哪一段经得住风浪，哪一时就会光鲜如玉。

在五彩滩上，那个抱着孩子的年轻母亲，那对牵着手的白发夫妻，那个穿着红裙的年轻女子，在蓝得透绿的海水边，伸出各种姿势，做着各种动作，享受着不同的幸福情景。

一时间，那海水退了过去，瞬间又折了回来。像少女的回眸，又似蓝色的眼泪，在多彩的岩石下，如同彩虹般的温暖。

有的人急不可待地举起了手机拍照留念，也有人匆匆忙忙地像过客一样来回在这个五彩的海滩上拍个景，照个相，急切地又去眼饱另一个景色。

是火山口喷射而沉积的那堆红色的岩物在等待着他的合影，还是那艘白色的军舰在形似鳄鱼眼泪的海域中为他喝彩？

若是时间够用，他定会多住些日子，享受岛上的清闲，岛上的风情，火山口那个传奇的爱情。

有人跑到月亮湾下情许终身，有人在“海枯石烂”前诉说万丈豪情。有人走在沙滩上拾点多彩的贝壳，留个记忆。有人沐浴在海风里，惊赞蓝色的海湾。

有人租一辆摩托，沿海边感受岛上的风韵；有人住在岛民的家中，寻求古朴的民风。有人登岛是想住些日子，求个安静；有人索性退掉返海的票，饱赏风景。

那岛好静啊，站在山头，能听到海水静谧的心音。那水好蓝啊，瞅进眼里，似碧玉般地勾魂。

那是涠洲岛的景，那景能抚摸心里的杂音，消除心中的烦恼；那景搅动着心思，让人在落日的余霞中静候着一份佳音。

# 涠洲岛的水

涠洲岛是北部湾最南端的一个岛屿，离北海码头近四十海里，乘船过去大约需要一个半小时。

初到涠洲岛，我被蓝蓝的海水所惊叹。那水蓝中透绿，静静地在海里吐着涟漪，似欢笑的话语，倾诉着初识的情景。远望去，那波在蓝色的海面上一串一串的，一波落下另一波拥挤而来，那搏动的浪似蓝色妖姬，并蒂地开着，一朵朵，一簇簇，在一眼望不到边的海水里，尽情地敞开心扉，欢笑耳语。我好想把它捧起来，插在心爱人的发髻上。我好想把它一束束地扎起来，递到心爱人的面前。让它在蓝色的大海里，荡漾着幸福，享有着甘甜。让它在碧波如蜜的夜晚，能听到海水的心音，潮涌的波澜。

在船上，我凝视着那远去的海水，见远处如雾般的朦胧，那是天吗？是你昨夜滴淌的眼泪吗？瞅着瞅着，分不清是天是海，二者浑然一体了。

于是，站在海边，我深深地呼吸着，想把海水的精灵呼进多日疲惫的心怀里，让身轻松，让心爽朗，让人在这片明净清新的空气中，像湛蓝的海，徜徉着幸福的笑脸。当我沉浸在碧蓝的涠洲岛海域时，突然，那滋心润肺的感觉被一位母亲的声音打断："岛上的水少，别倒了，都喝下。”

我望着那位母亲手拿着矿泉水瓶里，仅剩下那么一口口儿水。心想，这海水那么碧绿清澈，怎么会缺水呢？

没走几步，见不远处接二连三的告示牌里，提醒大家节约每一滴水的时候，即刻觉得水在岛上是那么地弥足珍贵。

往后的时间里，每次洗手或用水，我都把水的流速控制得小小的，争取不浪费一滴水珠，因为那水是岛上一万六七千人的生活用水，是他们幸福的依据，也是他们快乐中不可或缺的生命依存。

那水像蓝色的海一样，给人以希望，给人以灵性。

于是，站在沙滩上，我在注视着海水扑面而来的同时，也伸手掬下了一口，塞进嘴里。那水好涩，也好咸，一时间满脸觉得不是滋味。

心想，生活中难怪岛上的人对水那么珍惜，那么节俭。

或许，那水是情人滴下的幸福眼泪；或许，那水是岛中传说的那条鳄鱼的眼泪。所以，岛上的水既珍奇又珍贵，每一滴流的都是幸福的时光，流的都是一张张灿烂的笑脸。

那是涠洲岛的水，清泉般干净，蓝得让心那么静谧，蓝得让人懂得对水的依赖，对生活的珍惜。

# 文　化

常有人在席间侃侃而谈，旁人说他心胸有墨，读了些诗书，便称他有文化。那时，我对文化的理解也与此类似。

可华夏大地，源远流长。自古贤人辈出，圣明绝顶，有文化的人从孔子到老子，从甲古文到儒教学说，其中繁衍着古文化的墨香，在中华民族五千年灿烂的文化上有百家争鸣、百家齐放的年代，也有过唐宋的辉煌、商业鼎盛时期的发展。这种文化的影响，在中国的历史上，从兴衰走向繁荣，又从繁荣没落到骄奢淫逸的衰亡时代。这其中，都有一份文化的能量在支撑着岁月的沧桑，记叙着日月的变化，社会的发展。

那么，"文化"二字是从什么时候开始记载的呢？

"文"的本义，是指花纹；纹理。《现代汉语》中首项解释为字。《易·系辞下》记载："物相杂，故曰文。"《礼记·乐记》写道："五色成文而不乱。"《说文解字》中注有："文，错画也，象交叉。"

从《现代汉语》来看，"文"的释义在此基础上，又有若干个引申义。有的是包括语言文字内的各种象征符号，进而具体化为文物典籍、礼乐制度。《尚书·序》记载伏羲画八卦造书契时，有"由是文籍生焉"之句，《论语·子罕》记载孔子所说的语言有"文王既没，文不在兹乎”。有的是由伦理之说导出彩画、装饰、人为修养之义，与“质”“实”对称，《尚书·舜典》疏曰“经纬天地曰文”，《论语·雍也》称“质胜文则野，文胜质则史，文质彬彬，然后君子”。有的是在前两层意义之上，更精准美、善、德行之义，《礼记·乐记》里讲到“礼减而进，以进为文”，郑玄注“文犹美也，善也”，《尚书·大禹谟》里有“文命敷于四海，祇承于帝”。

古人对“文”的要义释怀悟透，深研其理，“化”字也同样如此。“化”，本义为改易、生成、造化。《现代汉语》中已早诸多释义。据了解，《庄子·逍遥游》有关“化”的记载：“化而为鸟，其名曰鹏。”《易·系辞下》：“男女构精，万物化生。”《黄帝内经·素问》：“化不可代，时不可违。”《礼记·中庸》：“可以赞天地之化育。”等等。从上述书中记载来看，“化”的要义应该说是指事物形态或性质的改变，同时又引申为教行迁善之义。

在了解“文”与“化”的出处与释义，我们就不难掌握文化的概念与内涵。二者作为词使用，较早出现于战国末年儒家学说中的《周易》：“观乎天文，以察时变；观乎人文，以化成天下。”意思是：通过观察天象，来了解时序的变化；通过观察人类社会的各种现象，用教育感化的手段来治理天下。

到了西汉汉宣帝时，目录学鼻祖刘向在《说苑·指武》对“文化”上升到法义的解释，称为文治为法，并以礼乐典章制度为依据教化臣民。其句为“圣人之治天下也，先文德而后武力。凡武之兴，为不服也，文化不改，然后加诛”。

古人对文化的渴望与掌握，识字生活用它，统治政权用它，个别皇帝不断丢掉皇位而且还弄丢了文化。

新中国成立前，毛泽东把文化的发展看成是新中国诞生的一种力量。一九三九年十二月，他在起草关于《大量吸收知识分子》的决定时提出:“一切战区的党和一切党的军队,应该大量吸收知识分子加入我们的军队。”他甚至形象地提醒各级干部:“如果知识分子跟八路军、新四军、游击队结合起来,就是说,笔杆子跟枪杆子结合起来,那么,事情就好办了。”一九四四年十月,在陕甘宁边区文教工作者会议上,他更为明确地提出:“没有文化的军队是愚蠢的军队,而愚蠢的军队是不能战胜敌人的。”

文化在某种意义上讲是一个人生存的希望,也是一个国家发展的希望。

二〇一四年二月二十四日,在中央政治局第十三次集体学习中,习近平总书记提出要“增强文化自信和价值观自信”。在党的十九大报告中,他有一句触及人类灵魂的语言,“文化自信是一个国家、一个民族发展中更基本、更深沉、更持久的力量。”

这个力量来自文化,是民族的心声,是中国梦的呼唤,更是一种精神,让人正气浩然,荡气回肠。

# 我的思念如同秋叶飞落

在人生一个个失去的岁月里，我望着父亲老皱的脸，像一片秋叶，总在眼前飞落下来，轻轻地，轻轻地落在地上。

父亲常住在妹妹那里，每次回来见到他，总是念叨个没完。他想回去，回到他常年生活过的地方，城市再怎么华丽，对他来说不如屋前断裂的一块瓦片。

老家离城里有四五十里路，在一个山村里。那个山村过去有过三百多口人，现已是一些残砖破瓦，没有什么人居住了。那墙伸手摸一把，墙皮像秋天的落叶似的哗啦啦地掉了下来，瞬间地上灰土掉下一堆。

好久没有人住了，一些墙壁被雨水淋湿得像是要坍塌下来。每次回来见他，他总是说要回老家里住去。可曾经一个暖暖的家，因对生活的追求与向往，都各奔东西地组建了新的家庭。那个儿女满堂乐融融的愿望，被秋风中飘零的树叶萧瑟得不见踪影。

有家回不去，对于一位老人那是怎样的一份心情啊。父亲说得最多的一句话，“养这么多儿子，没有一个在身边的”。他无奈地有时发着闷气。

我曾经试着在老家的房子住上一个夜晚，也想陪着父亲。那晚说出来让人脸面无光。睡在那样一点儿灯光没有的山上，夜里头皮一阵阵地发麻。

第二天，跑到城里劝说父亲，让他与妹妹一起好好地生活着。

父亲已九十多岁了，身体还能走得动，有时还认些书里的字。可近年见他，明显地苍老了许多，一年不如一年，像树林里的秋叶，皱巴地飘落在地上，无力地叹望着一个个的秋天。

在异地，我也常感慨这样的日子太快，还没回头秋已发黄，像山林中的红叶，纷纷飞舞，飘絮着人生百态，摇动着陈年旧事，冒着一杯杯酸楚楚的味道，让人在一处思念，细细地品着家乡的那头喘来的粗气声。

# 我们的脊背需要阳光

当我们常感到腰酸背痛地难受时，我们的身体可能需要打理和呵护，我们的脊背需要拉抻和阳气。

阳气不足，心气虚弱，容易导致疾病缠身。

记得一次向一位德高望重的中医请教时，他总是那句春风化雨的话，多晒晒太阳，身体补补钙，壮壮阳气。

我曾怀疑阳光的重要性，也没刻意地常到太阳底下待上一会儿。

可是，随着年岁的增长，发觉无论心里还是身体需要暖和的阳光和艳阳高照的太阳，因为长期伏案在没有阳光的环境里工作，人的身体得不到阳气的能量，自然会随着岁月的流逝，在一定年岁上感觉心酸体软。那时，我们的身体需要能量，这种能量的补充，就是我们生生相息的太阳。

太阳是万物灵魂的缔造者，它的光芒催生着万物的生长。人的脊背是人生存的支柱，也是吸收阳气的有机途径。

曾几何时，我们的祖先面朝黄土背朝天地生活着；曾几何时，我们的父辈汗流浃背地劳动在太阳地里。他们的脊背承载着家庭的命运，也不知疲惫地支撑着个人的身体健康。阳光是他们的能量，太阳是他们的药箱。他们的汗水滴淌在太阳地里，给儿女带来幸福的希望，甚至很难听到病痛的呻吟。

可反观我们这一代，有的未老先衰，疾病缠身。我们没有在意身体，也没经常在有阳光的日子里登高远眺进行有氧运动，我们怀揣着压力，头顶着职责，常年加班累得直不起腰来。

这种无日式的工作，恰恰是有损我们的脊背，透支着我们的青春，耗干我们身体中的阳气。

走在金灿灿的阳光里，在这满树红叶的秋天，怀着快乐的心情，去舒张我们的筋骨，暖暖我们的脊背，为身体、为生活，平添一丝丝快乐。

# 我们是好人

前天，朋友给我弄了两张天桥音乐中心的入场券，当他递给我时，见是俄罗斯著名音乐家索索帕夫里阿什维利的作品演唱会，心里一下子不知所云。

对于音乐我是一个门外汉,对于外来语种我更是一个瞎子点灯。但对于音乐应以欣赏的心态来对待，它能培养一种兴趣，也可养成一种爱好。

好的音乐应是一种享受，也是一种陶醉。因为音乐没有国界，它给人美的惬意，也给心灵带来幸福。

索索说，你听不懂我的语言，会听音乐就行，因为我们是好人。

我们是好人，像五线谱上的曲子，给人以喜悦和幸福。

因为好人有好心，好人容易结善缘，他的愉悦像歌一样传情，即使不懂音乐，但能听出音乐的优美。

他说我为好人演唱，让好人沉醉在这个星光灿烂的夜里，让好人一世平安。

索索的演唱在俄罗斯应是中国的吴雁泽类型的，整场他激情高昂，精神饱满，他在用歌声诠释着好人，滋润着心肺。

因此，生活在好人里，我们应为好人歌唱，为好人的奉献与付出歌唱，如索索的演唱会：我们是好人。他唱着一家亲。

# 我听到了太阳的泣声

那天，太阳的余晖还没有完全在暮霭的降临中沉落下去，我瞅着远处辉映般的余霞，在小区的一角却听到了泣声。

那泣声不大，在霞光里隐隐约约而来，我以为是太阳的哭泣。

于是，便跑了过去。见一位老人坐在那里在脸上抹着袖子，不停地抽泣着，我望了望，想过去问个究竟，却怕陌生的脚步惊动他闷在心里已久的泣声。

他一头雪染的白发，穿着一件洗着发白的黑色圆领衫，坐在小区楼角的石块上，他的手黑黝而且爆出粗筋。我想他一定是一个农村来的乡里人，或山村，或不富裕的地方。

他见有人来，连忙止住那难以掩住的哭声，使劲用手来回地抹着脸，头向一边扭去。

老人是怕自己的泣声惊动了左邻右舍，丢了儿女的脸面。一下子把泣声咽了回去，抬头望着落日的余光，还露着泪迹未干的脸上，心想哪儿是家啊！

是什么让一个男人如此痛哭呢？是什么让一个老人如此心酸呢？是什么让一个长者跑到小区的一个角落悲伤地落泪呢？

我望着楼上的一片灯火，却想在疑惑中寻找答案。

我依旧沿着小区的便道向前走着，见一对夫妻与路边的一个人在一旁窃窃私语，我想他们一定是在谈论着那个老人。于是，我便放慢了脚步，在暮色的风中，听到了老人的辛苦与辛酸，也听到了泣声中的无奈与无助。

那对夫妻是那位老人孩子的邻居。前两天，老人刚从乡村过来，因在家想着自己的孙子，便让儿子从老家接到京城。儿子的想法是让父亲住着，想让父亲老来享受儿女的照顾。可其父来家第一天便与妻子吵了一架，说这样住着日子没法过，在家里高声大嗓或甩着性子黑着个脸般的不乐意。

老人的妻子很早就离开了人世。他一个人一把屎一把尿地把儿子抚养成人，儿子在单位分到了房子后，知道父亲不易，便从千里外的老家把他接了过来，好让父亲享受晚年的天伦之乐。可他生长在城市的妻子不乐意，曾与丈夫在家天天吵架，坚决不同意把父亲接过来一起住。前两天，儿子因中午忙没回家，老人出来后因不会开家门的锁在外饿了一天。

老人见儿媳不爱搭理自己，有时还使着脸色，心里不好受。在家里，见儿子一回来儿媳心里就冒着火，没事儿地找着儿子吵。老人见了，自己便偷偷地跑到楼角里哭泣。

一次，老人见家里又吵架了，便走出了门，在楼道正碰上邻居回来。邻居上前正要打招呼，已听到那大声的争吵声从门缝里传了出来，整个楼层都能听得见。老人见是邻居，话还没出口，泪就扑面而下，对着邻居摇头叹了口气："我想孙子啊！"

说着，老人眼泪止不住地流着，瞬间从脸庞流进脖子里，他用手抹着眼泪，转身下了楼。

在小区，邻居说出这些情景时，我望着老人瘦小的背影，见楼上那间明亮的阳台，是怎样的教育，竟把孝道涂改得不认父亲了呢？是骨子里的自私？还是乡里那种泥土的气息冒着贫穷的味道？

若真的是这样，老人的心会凉的，凉得会找不到回家的路；若真的是这样，社会会多生出一种病，这种病会侵吞一种良知，蔓延到道德的围墙里，吞噬着人的孝道。那样，太阳会哭的。

# 雾到天柱山

去天柱山的一个早晨，那雾很大，像是从天上泻在地上，浓浓的，没风驱散。一路上，面对这样的天气，我倒觉得应是随遇而安的了。

来了，是缘。能看其全貌，是福。

有时在想十全十美地规划着人生的路途时，总有一场猝不及防的雨滴洒在前进的途中。

不过，雨滴让人懂得辛酸，懂得金贵，懂得得到幸福那一刻的不易。

那天，到天柱山时，游客依稀可数。我望着雾罩的山峦，爬吧，兴许一会儿太阳露出来了。

于是，我脑海里寻思山的形态，山的从容，山的巨石耸立。

天柱山在长江的北岸，与庐山相对，它是安徽三大名山之一。过去有潜山、皖山、万岁山之说。传说中，汉武帝巡视时，敕封皖山为“南岳”时，人群高呼万岁，故此为万岁山。隋唐以后，南岳改为衡山，天柱山被列为国内五大镇山中的“中镇”。李白路过时有一句赞不绝口的诗句“奇峰山奇云，秀木含秀气”。

上山时，雾从林中扑面而来，顿时身上觉得有些凉意，那雾气里的水珠撩到脸上，也觉得湿漉漉的。

近处，林中隐绰可见，雾气没有退却的意象。我见这眼前的树绿的，黄的，红的，这才是江岸的冬天。若是一个晴朗的天气，定会让人心旷神怡，爱不择道。

我沿石阶一步一步地爬着，在象鼻石，在神谷岩，我依恋地望着，见雾在它的周围绕去，时隐时现，隐时像个淘气的孩子，露时是那么张口称奇。身在石旁，有种身临仙境般的感觉，难怪李白写出那样美妙的诗句。

快到山顶时，见插在岩石缝隙里的青松白茫茫一片，那是雾凇啊。一棵棵银光闪闪的，在浓雾下是那么地乖巧，又是那么地惹人喜爱。

不是雾天，难见雾凇之美。不是初冬，难觅冰洁之容。

在山顶，扶着栏杆，侧身而望，那石壁犹如华山的东峰之巅，那么地壮阔如画，那样地望而心惊。不是雾气，云雾缭绕，放眼望去，一定是色彩缤纷的世界。

在隐隐惆怅时，我们要沿石阶返回。蓦然，头顶上的日头白白的，在云雾中张开了笑脸，不一会儿，又羞涩地藏了起来，躲在浓雾的后面害怕不敢见人。

在那睁开的一瞬间，我借着日头的余晖，把目光全部抛进了山里，那山青翠如玉，石立云中，像天庭的巨石，巍峨挺拔，遒劲有力。

那一刻，我心头一喜。再美的景色，只需一眼；再可口的饭菜，只需一顿知其色香。

于是，我寻思着，寻思人生的路上，如雾的感觉，爬了，才知心底里的喜悦。

# 西山的落叶

昨天，当秋风掀起我的衣襟不停地卷起来时，我望着马路两边的树叶在残风的蹂躏下，纷纷落下，那黄的几片飘在车前，却不肯离开。

于是，我一口气跑进西山，想看西山的落叶，在残阳的余光里，我见风肆无忌惮地卷来，树上的叶子东一片西一片地蹿着，像找不到母亲的孩子，似乎哭诉着与树木的分离。

我走在有些坡陡的山道上，踏在刚刮下的树叶中，像是黄色的线，红色的棉，绿色的纱拼凑的地毯。黄的如金般地堆积着，红的挂在这边，又落到那边，不停地在枯草中翻滚着，那绿色的叶子干枯得有些打卷，我走过去拾起一片愣愣地瞅着，那还是树上的绿啊，却被风不分青红皂白地刮掉在地上。

站在山上，我没有欣赏红叶的心情，却被无情的风扯痛了心头的向往。叶落了，山不是老去得更快吗？

山上的风似乎没有停的意向，一片树叶飘落在头上又从肩膀边滑落到地上，并从脚前翻飞到树的那边，我见它像是用最后的力气向树枝吻别，终又无力地掉在地上，静悄悄地落进草丛里，像是叹息春来秋去的美好时光。

我用手抓住一棵小树，使劲儿地摇晃，却没能摇掉树上的叶子在眼前飘飘。为什么风却能把它刮掉呢？

我望着满地树叶，踩在上面咯吱咯吱地响，那脆声是秋天的干燥，却让树叶萧瑟，在这样的情景，这样的时光，即使是人也会催老。记得曹丕有一句对秋天草木枯落的诗句：“秋风萧瑟天气凉，草木摇落露为霜。”正是这无情的秋风，吹蔫了黄花，吹掉了黄叶，吹落了整个秋天。

那风，却摸不着，揪不住，像慢走的时针，催走着岁月的年轮，一圈又一圈地老去。

# 闲读岁月

阳光依旧，岁月匆匆。

当我静心地走在这块反反复复、来来去去的土地上，岁月像大河中的水丝毫不再犹豫地滚滚而去，永不回头。

它随风而飘，随雨而落。在苍老的路上，徒步着生活的艰辛。

记得在燕子衔泥的春天，如布谷鸟般的殷勤；在骄阳似火的夏天，如荷一样平静。那些日子，那段时光，有从容的应对，有冷静的思考；那种天气，那个环境，有幼稚的举动，有浮躁的脾气。

还记得那个风化荒芜的沙丘吗？那个星光布满街灯的夜晚，蚊虫叮咬着皮肤，寒风吹醒了双眼。那时的蹒跚学步，那时的满怀壮志，一圈一圈地浇灌年轮的丰满。

人有惆怅，也有向往。惆怅时，心事比一天的时间还长。向往时，一觉梦醒到天亮。

记得那个疲惫的日子，总想把生活的乐章挂在秋天的树上，任风吹打，任雨飘落，红的像枝头上的柿子，给生活添些来年的希望。黄的似一片片银杏树上的叶子，给生活带来一份金黄。

去一趟泰山吧，感受一下“一览众山小”的凌云壮志；爬一次华山吧，领略一下“举头红日近，回首白云低”的巍峨险峻。

还记得那壶老酒吗，一个喝得烂醉如泥，一个喝得红头涨脸，东倒西歪地坐在那个弥漫酒气的房间，一个个高声大嗓，畅谈着古今，笑侃着青春，说着各自的雄心壮志。

时光总在分秒必争的嘀嗒声中老去，树叶总在黄了后落下。下雨的时候，那把避风的伞，像情人的手，生生相息。寒夜到来的时刻，那膛升起的炉火，映在火红的墙上，已温暖隔壁的浪漫。

生活有时围在火炉的周围，听着煮水滋啦啦的响声，与朋友开怀，品读一份夕阳的西落；有时蹚一下急流的河水，回味一下掉下去的滋味，那种窘相，那份傻态，那颗未眠的童心。

有人把坎坷的道走得光平，有人把平地的路踩下了一个个坑。生活需要勇者，坚强才能一锤定音。

把握住来去的路，即使是云彩满天的傍晚，也让它有祥云烧天般的壮丽诗篇。

# 小看梵净山

从贵阳去梵净山的早晨，天有点儿阴沉，偶尔零星的雨点儿落在汽车的挡风玻璃上，心想今天的天气不会放晴。

从贵阳到梵净山开车大约需要四个小时，不过全程都是高速，能遇上高速畅通，应是好的运气。

梵净山在黔东北江口、印江、松桃三县交界的地方，属武陵山脉，在贵州铜仁地区境内。其老金顶，海拔二千四百九十四米，被视为梵净山的最高峰。

在这块神奇的山脉中，梵净山的神圣是世间少有的一方净土，也是人们心中向往之地。

从“梵”字来看，即“芃”之俗体，清·钮树玉《说文新附考》称“梵摩”“婆罗贺摩”“梵览摩”之省，意为“清净”“寂静”。梵梵又是丛林茂盛。这块神秘树木丛生的地方，却与佛教结缘。

据了解它是弥勒菩萨的道场，与山西五台山、浙江普陀山、四川峨眉山、安徽九华山齐名，属中国五大佛教名山之一。

梵净山，这座极具浓厚佛教色彩的山脉，独秀在群山群峰中，傲视在广邃的武陵山体里，塑造了自然界的神奇。它用生命记载着华夏文明的延续，又鬼斧神工地酝酿自身巍峨雄奇的挺拔，它用山体孕育着林木耸立的原始森林，阻止日月的风化，向人类展示着生机蓬勃的自然景象和朝气。

来到梵净山口，景区用小中巴车要将我们拉到乘坐缆车地点。这不是上山的唯一途径，倒是省时省力。去梵净山顶有七千七百多个台阶，上山行程需四个小时左右。多数人还是选择坐缆车而上。

中巴车从景区门口需二十分钟到达缆车之地。山路狭窄曲折，沿山沟而上，有时碰上对面过车，还需停靠在一旁等等。望着窗前，见树木林密，有名的、不知名的相互环抱着，各自凭借山中的空气和雨水生长着，河水从上而下，溪流不断，偶见一条瀑布从对面的山上冲来，性情一动，那瀑好美啊，飞在眼前，瞬间而过，一路在心底一直不停地念着。

我们乘坐缆车穿过一座座山梁而上，在二千多米处停下。然后，靠着体力步行山中那个用木块铺成的山道。

山道弯拐曲直，游人如织。我们喘着粗气朝山顶攀爬着，也不时地抬头向前探望着。

在蘑菇石，细瞅着那一层层像豆皮儿叠折的巨石，裸露在风月里，总觉得是海水的荡漾，攒积成风化的岁月，让巨石耸立，让山岩呈片状地叠在一起，像一本本厚厚的圣经，典藏着世间的珍奇。有人说，那是自然的神灵打磨的仙体玉叶；也有人说，那是气流的力量绘成壮阔的一石留给世人的想象。它是佛界的尘缘，也是人间的一方净土，是风刮干它身体里的水，给人一种裸露的宁静，也是雪停靠的驿站，留给巨岩一份世间的洁白。

站在那层层叠叠的岩石旁，望着远处起伏的山峦，再看对面那座拇指式的山体，它雄健的力量拔地而起，冲天而立。像伟岸钢铁般的战士，又似群山里一根压不弯的神针。

潮雾从身旁掠过，余晖留下了最后一抹。

雾来了，从山那边飘移而来，瞬间从山顶笼罩山脚。只见那雾沿山而下，浓厚而来，又淡淡散去，山在雾中像出嫁的少女，羞羞答答，时而蒙纱而隐，时而揭开而笑。那忸怩的身姿，那腼腆的掬态，在云雾的缭绕中，把山的峥嵘壮观地吐露出来，像爱情燃烧的火焰，激荡内心的狂恋。

登上人称金顶的山峰，小看人世间的灯火。忽然发觉，那山，静得发光，也净得无一粒尘埃。那是圣人的一方净土，也是凡俗之人的养心之地。

登上它，世间很渺小，人也很渺小。

# 小七孔的水

赏山阅水，我常常被水的柔情、水的急流、水的奔泻所感怀，也常被水的平静、水的清澈、水的碧绿所折服。自然界的神奇往往让人流连忘返，有时也让人情不自禁地从心底发出赞叹。

站在小七孔的桥上，望着桥两边碧绿晶莹的水，是那么的静谧，那么舒展，那么明净，我不时地兴奋着饱尝眼前这池水绿的色彩。

据史料记载，小七孔桥于清朝道光年间所建，横跨在美丽的响水河上，是古代黔南通往桂北的交通要道，也是少数民族聚居之区，桥的下边居住着苗、布衣、侗族儿女，他们饮着小七孔的水，繁衍着民族的历史与未来，也孕育着各自的风俗情融的幸福年代。

站在桥边，见小七孔的水沿着两边高高的芦苇向山边隐去，但哗啦啦的流水声从不间歇地穿过芦苇冲着耳边响来。

我远瞅着那边的芦苇在微微秋风的吹拂下，颤动着花絮。那花像小花伞似的，从芦丛中飘来，在水的上面犹如高山上的雪莲，把小七孔的绿意泻在这条弯弯的河里，在蓝天的倒映下，扮装得繁星点点。

再由桥向东看去，晨曦的阳光已透过林中穿了过来。斜洒在水面上，那惊起的雾气，如炊烟袅袅，在葱翠的水面上，轻柔曼舞，摇摆拂袖，与柔和的阳光一起，在响水河中辉映着，翠绿碧玉，绚丽多姿，宛如侗族少女的眼睛，洋溢着碧绿碧绿的光芒。

那河似一条翡翠般的绸带，从桥下的七个小孔中穿过，隔孔而看，像七个绿色的宝石，镶嵌在小七孔桥里，把桥打扮得小家碧玉，璀璨夺目。

孔边有一条木制小船，停靠在枯朽的柳树旁边，那是当地人守护碧水的工具，他见水中有杂枝树叶掠过，摇着木船伸手拾起，有时还用自制的耙子，到深水里捞出绿绿的水藻来。

有时，见一个身着红裙的女子从桥头那边走来，红裙从桥上映在绿绿的水里，闪动着火辣辣的青春，也搅动着这块悠闲自得的灵魂。

站在七孔桥上，走在环山围抱的河边，品读着小七孔的水，那水静静地，像雕刻的碧石，静候着往来人群中的悠闲，也聆听着他们中不时发出的惊叹和满意的笑声。

# 心　思

一个人有多少个心思，有多少个念头，就有多少个想法。

有的心思存在心海，在各自的心间。有的心思在你我的秘密里，藏在甜甜的幸福里。有的是刚有想法没了结尾，有的杂乱无章，夜不能寐。

有的像遥远的星星，思绪在虚无缥缈的那头。有的在一群谈笑的炉火旁，散发着温暖的力量。

记得一个友人问我："你有心思吗？"

我爽朗地回答她："有啊。"

她又追上一句："你的心思是什么呢？"

我说："我的心思在你期待的目光里。"

那是一种希望，也是一种期待。当你流露着一种信任的目光时，心思就像感应中的电流一样，迅速触及你的心灵。当你持着一种怀疑的目光时，心思就像懒惰的手，让你看不清世事的长短。

于是，我暗自扪心自问，我的心思在哪里？在日日夜夜忙碌的工作里？在女儿成长的记忆里？在父母年老多病的床前？在同学间那个谈笑的声音里？还是在你读懂的心里？

或许，那些愿望就是我的心思。或许，那些想象就是我的心愿。

有时，在夜深人静时，我爱把思绪置进难眠的梦里，让心得到一份甘甜。有时，走在奔波的途中，无意间心思滚滚而来，那画面，那情景，那动念，像魂勾住的火种喷射而出，顷刻间消除心中的苦累、心中的妄想、心中长长的思念。

于是，我把心思化作人生的雨点儿，让它滴洒在匆忙的路上，让它为我欢呼，为我鼓掌，为心境播种来年的希望。

希望在田野里，或是迎面而来的风里，掀起你的眸子，飞进你的窗帘，那浪漫心思、甜甜地相视，奔走在你我的心境中，一份如蜜的生活里。

# 喧闹的背后是宁静

去一条繁华的街道，或许是车水马龙，或许是人声鼎沸，那买卖声、吆喝声，不绝于耳，这就是人们常说的喧闹。

喧闹的地方给人的感觉是那个地段商业发达，是人们常去的地方。有的人千里奔来，为了一口小吃；有的人慕名而去，睹一眼热闹。吃过的人说，那地方就是那么一回事，不如家中的包子。去过的人讲，那里就是一个大杂烩，还没有乡镇的集市热闹。

人吃了或去了，许是心里有了一片宁静。宁静是心里那不安分的情绪得到了安慰，它能让人在烦躁中沉静下来，也能让人在向往的劲头上有所打消。爱热闹时，自然去逛一逛。趋于安静，便找个阴凉的地方，可独自思念往日的旧事。

一次，去一座海边城市，那里有个非常出名的小吃一条街，游人如织，热闹非凡。

那天，费了好大劲儿从街的这头走到另一头后，发现街的后面，游人寥寥无几，冷冷清清。在挤了一身臭汗之后，站在无人往来的背后，发觉那一丝宁静也是一份福分。

人有喧闹之福，也有宁静之爱。住久喧闹之处，自然会想寻找一份心静之地。如一个人，一生都在风雨中漂泊闯荡，有的轰轰烈烈，有的要叶落归根，静月守候。

去一个清凉的地方，远离凡世尘埃。去觅一地偏僻小屋，叫几个小朋，享有余后秋月。或挽着那双渴盼的手，温一杯多年的老茶，在宁静的山道，聆听山上的知了虫吟，那也是人生中的一种宁静……

# 夜再深，总有醒的时候

生活的路有多长，人有时总在犹豫中彷徨，也在奋起中寄予厚望。

坚定的人，总把困难当作阅历，把磨难看成励志，把挫折作为体味，把失败视为经验。

当然，在人生这条奋斗的路上，有的人奋斗成功了，有的人经过漫长的过程才获得一点儿幸福感。或许，有的人一辈子走错了弯路，看不到光明。

努力总会有一份甘甜。再烈的太阳，也有下山的时候；再深的夜，也有睡醒的时刻。

就拿国内的发展来说，无论走到哪里，或哪个角落，都能看到城市的繁华，乡村的巨变。记得拿破仑说过一句话，“中国是一头沉睡的狮子，当这头睡狮醒来时，世界都会为之发抖”。

中国人醒来了，让世界刮目相看。

这其中，经历了历史的沧桑与磨难，承受了巨大的阵痛和不屈，经过了血的斗争、火的考验，迎来了现在的春天。

在人生的旅途上，人也有类似社会发展的盲区，这个盲区就是求知路上的黑夜。在黑夜里，人需要挥汗如雨般地奋斗，才能点亮心中的那盏明灯。

有时，在探索的路上，一时看不到光明，若放弃了会永远也成功不了。那就需要一股力量、一种精神、一个个目标地践行着。

奋斗有酸累，前进需热血。我们不因看不到前景而放弃自己的心志，也不要用付出的多少来论取得的收获。

天有黑的时候，无论多深，总有醒来的那一刹那。那就是人生奋斗中一种幸福的起点，也是困难中一片光明的转折。

醒来了，就得爬起来，趁那么一股热劲儿，那么一份清醒，那么一种信心，赶走心里的懒惰，拂去心中的尘埃，努力一下，再努力一下，在那个梦醒时分，会有一股暖暖的光明，射进黎明的路上。

# 一池残荷

在翻到晚唐诗人李商隐写的“秋阴不散霜飞晚，留得残荷听雨声”时，我花了半天时间跑到郊外的池塘，想听听那残如枯枝的荷叶，谢在池中那个搔首弄姿时的细语，是怎样地从容，怎样地恬静，怎样地柔情如水。

站在池边，我见荷静静地凋谢在池塘里，有侧身而眠，有叶折而卧。在明净的水中有些乱七八糟的，少了些诗情画意。远看，如大师挥毫泼墨，一幅浓浓的田园风光映在行人的脸上，是那么地让人驻足凝思，又是那么地让人深惋叹息。

我瞅着那池被秋风吹打的残荷，那荷已成了枯萎的干枝，立在池里，没了往日的娇滴，也散尽了夏日的清香。可它却留给了一个田园诗人的梦想，让写意谋生的画家看到了生活的希望。

我慢慢地沿着池边走着，望着它活泼可爱的样子，想让心深进泥巴里，去那块池水里触摸它的情感，寻找冬日的暖阳。

那边几个写意的学生叽叽喳喳的。我走过去望着画板横七竖八的样子，那池中昂起的残叶不正是它的精神吗？我对画板前的小姑娘说：“把残荷不屈的精神画出来吧。”那姑娘疑惑地望着我，突然醒悟了，激动地拍手叫着：“对呀。”

说着，她拿起笔在画板上涂抹了起来。

我不知她画得怎么样，但冬日的残荷应是有灵性的，一根根虽残落在池子里，却在不屈地坚挺着，给夏日浓郁的荷香留下了一份得体的尊严。

在回来的路上，我还在想着那根残枯的叶子。那叶枯了，可它的根没残。它的根深扎在泥巴里，在寒冷的风中孕育着冰清玉洁的清香来，也蕴藏着来年的希望，来年的笑语，来年的幸福日长。

# 一手做饭，一手读博

坐在家里，望着窗外那片落下的叶子。为什么它们掉下来的是金黄色的、红艳艳的叶子，而有的是枯萎的呢？一些树叶从生长到落下都没明白一个道理。

学，永无止境。不学，就是一片枯萎的树叶，在生活中干瘪瘪的，没有什么生机，也不会有晶莹剔透般的光泽和青睐。

我有一位同学，他的爱人今年读博了。我发觉她一边炒菜，一边把书念了。她的聪颖才智暂不多言，她那种钻劲儿，让人学习半天。

平时，她一边哄着孩子做饭洗碗，忙着家务；一边拨灯点蜡，啃着书本。生活几年，她嫌硕士毕业的文凭不够用，便在家里一手做饭，一手备战考博。有时，以为她在同学面前说着玩儿的，没想到她真的考上博了。

一次，去她家吃饭，见她会炖菜，而且吃起来是那么香，那么津津有味。难怪有人说，文化底蕴不同，饭菜也有差异，她不仅在学习上有所专攻，业有所树，生活上也是淑惠干练，有情调的女人。

有人说，她天性聪明。若聪明人不能干，就像那片树叶，掉在地上容易打卷。

生活中，在瞧见别人的甘甜时，却没看到背后的努力与汗水，那个艰辛不只是一手拿着锅铲、一手捧着书籍那么简单。

生活需要付出，付出了或许得到或许得不到，但那个态度一定要有，端正自己的态度去努力奋斗，即使是一片荒漠，也能慢慢地生出绿来。

眼下，我也见过不爱学习的孩子，那么年轻，那样的花季，却无所事事，甚至游手好闲，整天抱着手机看，从不知书本在哪里。一天，单位组织考试，她连一些简单的字都不会写，最终考核落了个倒数被单位辞退了工作。

福享天成，得后天的努力。如同学的妻子，一手握铲，一手拿笔，其乐融融，福气自然也从读书声中飘来。

# 依偎在静水旁

站在河旁，望着桥下那只依偎在河边的小舟，什么时候我能像你一样，当双手松开紧握的双桨，走上岸边，泡上多年未启封的老茶，坐在那凉亭的茶座里，叙述着小舟在水中摇曳的故事。

那是一件人生途经远涉劳顿的故事，有在风中流血，在汗中流泪，在寒冬露宿无门的时候，挺过饥饿的煎熬。也就在那个时期，那样的环境，生长了翅膀，磨炼了意志，学会了坚强，挺起了脊梁，有时泪水变成了经历，汗水酿成了经验。

回思走过的路，摔倒了，一只脚还跌进泥坑里，有时不再生着怨气，从泥坑里抠起满是泥的鞋子，冲着友人乐哈哈地笑了。

于是，发觉生活美啊。一个挫折也是一种快乐，一个不经意的失利，也是一种释然。也许一件事条件还不能具备，不具备的事去做了，自然得不到效果，若还要硬着头皮去做，必遭自然的惩罚。这是有的人行不到彼岸的结果，也是有的人难以依偎在幸福怀抱中的结果。

生活应有小资小味，找个靠近流水的小屋，叫上心爱的恋人，或喊几个聊天的哥们儿，端着茶杯，翻一本总是翻不完的旧书，聊得开心，性情敞扉，瞅着那份开心的情怀，聆听怦怦心动的声音，相互依偎在放飞的情丝中，望着眼前那一叶小舟，静静地躺在水面，偶尔摇曳一下，让周围的水泛起一圈圈像心一样的涟漪。

那是累后想要的生活，也需在酸累的忙碌中，找一个茶馆，端着热气腾腾的茶杯，坐在一把椅子上，靠在那里。

或许，趁夜来临，找一幸福的角落，在无眠的夜中，依偎在心爱人的怀里，那是世上最幸福的事，能消除人生的寂寞，身体的酸累，心灵的疲惫……

许是今夜，你就依偎了，在那静水溪流的旁边，那间飘香溢满酒味的房子里，能听到鼾声传来……

# 银滩的沙

银滩的沙很细，细得像磨出的面粉，又似平日食用的白糖。弯下腰轻轻地抓在手里，用手指轻轻地搓着，那感觉好柔情啊，细腻得似玉一样圆润，像一种打磨的石粉。

北海的银滩，以银色闻名遐迩。它那神似银袋子的海域，远望去像雪，在阳光的照耀下银光闪闪，十分耀眼。

我踩在上面，那沙抚摸着脚板，像踩着棉花似的，湿润而又舒心。我低头抬脚一看，细沙漫爬在脚上，是那么地亮晶，那么地晶莹。于是，轻轻抬脚一拍，脚干净无比，一点沙粒也没有。

银滩上的沙干净而又圆润，那个细腻的如面粉的感觉，是我不曾想到的。黄岛的沙有些金黄，但那里的海滩太势利；渤海的沙太粗粒，但时常伴有欺客的眼神。

我喜欢沙是因为它的柔软，我赞这儿的沙是因为它有着善良的本性。

走在银滩上，看着不时被海风吹起的微微细浪，好安静的一片海啊。那水蓝蓝的，天也蓝蓝的。那来回涌起的细浪，虽不浪高惊岸，但入耳润心。像一曲柔情似水的曲子，轻轻的，细细的，抚摸着昔日那个忙碌的心灵，有一种催眠的感觉。

我见一对活泼可爱的孩子，向海边奔跑着，那个头发似霜染的奶奶在一旁叫喊着，关心着。我见那奔跑的脚步，在沙滩上一串串。那双幸福的小脚，落在银滩上，落在夕阳中，闪烁着银色的光彩。

目送孩子的身影，我独自站在沙滩上，望着波光粼粼的海面，远边那个蓝啊，蓝得像家乡的天，露出一双迷人的目光。

于是，我的心任思绪放飞，又随目光剥离。在这银色的沙滩上，一步一步地浸湿着梦想，浸湿着那个辛苦的年代。

那是一片银色的海，在蔚蓝的天空上，天水一色，心各一方。

也许今日的脚印，印记着明天的梦想。也许今日的步伐，带来了明日的希望。

# 营房的情结

长岭在本溪小市儿一个不出名的地方，那里的山很大，绵延起伏，重峦叠嶂，一条乡间公路从小市儿沿山而上，到一个山坳的不远处，能看到有几幢低矮的房屋在一个山包的下面，那就是我们的营房。

那里有我成长的记忆，也有我与官兵们辛苦滴淌的汗水。那种记忆在岁月的秋天里磨成了革命的老茧，老茧结在心里，成了今后的信念和意志。

记得入伍那年，刚到连队，山上还下着雪，这在我的老家新县是件罕见而又稀奇的事。我望着雪那样地飘着，那样地纷纷落下，地面上白茫茫一片，不一会儿，连里的哨声响了，短粗短粗的，它就是命令。官兵们听到后，放下手中的活，摸起扫把，拿起铁锹，从班里跑了出来，直奔训练场去。

那时，在连队，在班里，在职责的岗位上，大家都是你追我赶，把自己的青春和汗水洒在用绿色筑建的营房里，悄悄地职守着蓝天的祥云，默默地奉献在这块黑黝黝的土地里。

记得一个初冬的中午，连队还没到供暖时间，午休时有的战友冻得咳嗽声不断，有的缩成一团地蜷曲在床铺边，就在这样的环境里，班里的官兵累得倒在床边，立刻打起了呼噜来。

我的排长姓段，叫段铁虹，与战士吃住在一起。那天，他坐在床边准备侧身躺一会儿时，见我的大衣从身上溜到了地上，他便起床轻轻地拾了起来，慢慢地盖在我的身上。他的举动，是那么热身暖心，又是那样关怀备至。

有时，想起我的连队，想起战友，一把眼泪滑落到手掌里，是那么地思念，那么地向往那个营房。

于是，我抑制不住内心激动的情绪，从指导员苏少军那里找到了离营房最近的新兵连长田克的电话，问起连队的情况，那个长岭的营房。田连长说："部队早就撤离了，营房可能还在。有的房屋老百姓扒了，有的当成猪圈了。"

人常说，铁打的营盘，流水的兵。可那铁打的营房，也搬迁了。忽然，觉得它在时代的步伐中已完成了历史赋予的使命，它的搬迁又是实实在在的强军梦的需要。

如今，那座营房虽已在岁月的留痕中有那么一点记忆，但它希望的梦还在强军的路上，还在那座营房留下训练的脚步声中，还在官兵和颜悦色的情怀里，是那样地甜蜜，又是那样依稀记在心里……

# 拥有一间小院

很多年前就说，拥有一个小院，可与友品茶、聊天什么的，也可牵着爱人的手，倚窗而望，寻一块眼前的浮云，说出童话里的故事。

那院不大，可容二人之身足矣。人坐在屋内，可观蓝天，也可瞅见云絮；可见远山的暮霭，也可近看小鸟觅食。

人坐在椅子上，捧着一本翻不完的书，想着书中的爱情，那潺潺流水的河边，那素面清纯的容颜，从水流的河边款款而来。那洁白的裙子，在野草的花丛中，像一朵圣洁的白莲。那时，会将手中的书“嗖”的一下，扔在小屋的床上，起身冲出门外，凝视小院里那双明澈的眸子、一份如月的情怀。

其实，拥有一个小院，就是拥有男儿的情怀。风来了，有一帘枯萎的芦秆做成的门卷；雨下了，屋檐瓦沟上的流水是张剪不断的窗帘，不等你伸水接着雨水，那溅落在脸上的水珠，任你玩耍着半天。那心情，那情景，浓浓的情感充塞小院，在相视的笑靥中，徜徉着人生的未来。

那一个不大的小院，有时像梦一样渴盼。渴盼的不是山涧小溪，不是如钩的月牙，是雪天里升起的炉火，饥肠辘辘时，那把抱进的柴火。

也许，是那双温情如澈的眼睛，闪亮着花草拥簇着的门窗，等待夜色降在身旁……

# 有时，高贵是没有人性的

人有高低，物有贵贱。有时，在人与人的交往中，我发觉人在高贵的面前反倒丢失了尊严，在财运不济的时候，爱婢膝乞怜。

见到高贵，有时会忘掉自我，迷失方向；有时会丧失理性，矫揉造作，为卑微的心理涂抹一层虚荣的亮光。身陷贫困，也会不顾自重，没了尊严，好高骛远地捞点急功近利的机会。

有人说，贫贱的人天生贫贱。我想，贫贱的人，天生脊梁弯曲。有人从梦想中历尽千辛万苦，达到了富贵，但得到了富贵后又忘形自我，不知收敛，终究又功亏一篑，一败涂地。

世上高贵的人很多，但有思想有境界的人没有几个。古代皇家贵室很多，基本上是自己高贵，贫民低贱，甚至老百姓的命像草芥一样，任由宰割。低下等级的人，可以贩卖，如牲口般地生活。但高贵的人生活奢靡，糜烂成性，把人当狗养。

有人倡导人与人之间没有贵贱，强调生命平等。我想，人有身份就决定了高低，就明确了等级，划出了贵贱。我见过厅长级的干部连父母都不养，也见过那么大的“官儿”，却嫌老百姓的手脏不敢端下他递来的水喝。

所以，我一直在想，高贵有时是没有人性的，它妄自菲薄，盛气凌人，常颐指气使，爱让溺者仰目。让人诚惶诚恐地顶礼膜拜。英国散文作家休谟有过这么一句话:“没有一个讲理的人能够否认在长处和短处、善与恶、智和愚之间有自然的区别。”

高贵的人不懂得道理吗？当然懂得。高贵的人不明白善恶吗？当然明白。高贵的人不知道智愚吗？当然知道。他觉得自己的高贵，就得让低矮一等的人去屈尊，在公众面前让不如自己的人来爱慕，这样自己会有面子，这样自己会被尊重，这样自己心理就得到快乐。

有一个女领导，每天上班前有爱在车内打扮自己的习惯，一日见车内放着的皮鞋上有一丝灰尘。她瞧见后蛮横无理地横加指责，要求借调的司机要么用舌头舔干净，要么拍屁股走人。小伙子一看宁可丢掉进省直机关工作的机会，也不愿意伺候这样的领导，车门一关，甩手“拜拜”了。

有时想，卑微的人面对他人的高贵是用自己的善良和尊严，赢得对方的尊重。有时也用辛勤的付出与努力，得到他人的首肯。

不管哪一种，面对高贵的人，留点自身的尊严。一个朋友抬杠地望着我说，我连饭都吃不上，哪还想着尊严。这就是当今一些人的心态，爱摇尾乞怜地跑过去，求得一份赏钱。

那样，貌似高贵的人的心理会因欲望而膨胀，没有人性地从你身上榨出油来。

# 有一种愿望叫理解

在世事纷繁复杂的过程中，人与人之间在自己需求的那些事情中，往往从内心发出恳切的目光，希望一方能从人文的关怀中给予一份心理的宽慰。

这个心愿，不论对错，也不管是非，从弱者的法则来看，是自我强行的一种愿望。

有的人被打，在闹到公众的判决席上之后，出手的一方在法律、道德、公众的谴责下，往往无奈地发出道歉的声音。

其实，这种声音是强求的、不情愿的，是碍于情面一场敷衍了事的表态，也是道义被迫之下不得已而为之。

记得一个朋友以自己的良心相许，向自己的哥们儿借了一笔款解决生活所困，当到了双方约定的还钱期限时，对方一拖再拖，还钱无望时，一方要得揪心。

朋友说，每次谈钱时，对方一脸茫然的表情，要求理解其生活的处境，再宽限些日子。这种毫无头绪的理解，容易让人在心里憋出怨气。

理解是相互的，也是一场缘分。这个缘分没了信任，少了诚信，理解像一团棉花，遇火化作一团黑炭，若涂在脸上，属于不近人情那种，让理解变味，让情分变寡淡。

在人性的愿望中，人与人之间有一种纽带叫善良。若这个善良的根基遭到涂鸦，满嘴放炮，人与人之间的情分像黑夜湿淋淋的柴火，没了指望。这时，再谈理解，会增加心理的负担，也得不偿失，得不到仁爱之怀。

所以，理解是一份尊重。人得到了尊重，才有心中的情愿。这份尊重容易得到友爱之手的抚慰，也容易轻而易举地获得一方的原谅而达到谅解。

人有了一方的谅解，才能了却心中的愿望。但那个愿望是高尚的、大度的，靠一方的付出才能得到的。

若事要理解，先善良地做好一个人。为他，也为自己。

# 诱　惑

诱惑是人成长的路上遇上的一块绊脚石，也是心中易攻的一个人性弱点。

它能让人从幸福的环境里掉到黑色的泥潭，也能让人从容光满面的笑脸跌进痛苦如泣的泪中。

它是一种灾难，能把勤奋的人引入歧途，也能让和善的心罪恶多端。它不计得失，又让人盲从幸福，当人伸手插进诱惑中，又像一场噩梦一样，缠身惊魂，迷失自我，毫无德行地做着自毁前程的事情。

它是一种放任。若人染指它，会不讲原则，不守规矩，任性权力的发展，在生活中养成苍蝇的思维，嗅到臭味就伸手，闻着利益就干预。这种人从不约束自我，也不爱在原则中行事，爱听谗言，让好人受到不公正的待遇，让辛勤工作的人心里憋屈。

它让心腹之人行不轨之事，投其所好，指鹿为马。

它是一种陷阱。一旦陷进去，再坚守信仰的人，也容易被摧毁，再坚强的人，也难被抗拒。一个陷阱一个坑。人若掉进去，不能自拔，也不爱听从良言。

它像一个大窟窿，融化心中的意志，削断人生的向往，抹黑精神的追求。它能让有理智的人丧失理性，追求虚荣，贪婪成性。也能让有理想的人失去人格，丢掉思想，手黑如墨地蚕食那个初心的信仰。

有时，面对纷繁复杂的诱惑，能闷得人透不过气来。权位的索求，利多的欲望，让人心泛祸水，使见财如命的人不再指责，不再抗拒，不再掩饰，不再犹豫，男欢女抱，攫取所好。

这种欲望扎进人的心里，再鲜红的血液，也被染出锈来，吞噬人的肌肤，腐蚀人的灵魂，让人显露出贪婪的本性。

所以，人一旦在生活中掉进诱惑的陷阱里，不脱胎换骨是拔不出来的。

生活没有天上掉下来的那个馅饼，也没有遇上晴朗的天空就能捡到钱的运气。

爱好是人心里的一种想法，也是一种愿望。但痴迷于它，自然难以理性、难以把控、难以克制心中的向往。

让爱好与欲望贴上敬畏的封条，那么，再难挡的风气也会跑得无影无踪。

在生活中，我见过德高望重的人，也接触过高风亮节的人，他的人性像水一样平静，他的襟怀像海一样宽广，他的心灵像窗户一样透明。

这样的人在诱惑面前，耐得住寂寞，抵得住利诱，控得住欲望，守得住清贫，把握得住幸福。

有人问，幸福是从哪里来，它不是从闪亮亮的金子中色诱出来的，而是从人格魅力上来，从情操厚重中来，从善良朴实中来。

为此，生活在阳光里，在纯洁的情趣里，诱惑自然会雾散云开，闻风丧胆地弃而远之。

# 枣庄的灯光

站在枣庄，我想起了那个浓浓的铁道游击队的故事，那个刘洪在列车上晃动的马灯。那是枣庄人民在黎明前的黑暗中点亮的一片灯光，也是星火燎原的光芒照射在这块土地上，让劳苦大众走出水深火热的希望。

在这片土地，我寻思着她养育的儿女那股铁骨铮铮的豪迈，也在思索着那个信念在枣庄儿女的肌肤里注入的那份坚强。

那份豪迈，是来自古运河流淌的中华民族传统的侠肠礼仪吗？是来自微山湖那个鱼米之乡里孕育的朴素的善良的初心吗？这条古运河哺乳的儿女，在民族最危难的时刻，拧住了一条守家爱国的忠烈思想。这个自然的湖水滋养着先烈，在生灵遭到涂炭的抗日年代，许下了甘愿为黎明前的黑暗洒下热血的誓言。

有人赞美它是星火燎原的根，扎进了这块土地，在民族希望的路上，点亮了人们的意志。有人说是古运河的水滋生出的一份刚毅，与道义侠肠般的春秋故事珠联璧合。

无论哪一种，都在一些人精神倦怠、思想混沌的状态中，唤起了民意，拿起了手中的铁锹和锄头，在那个马灯的指引下，前赴后继。

有人说，刘洪当初率领的本是一帮乌合之众，也有人说他就是当地富豪最怕的土匪。

还记得那句“团结一切可以团结的力量”吗？还记得中华民族到了生死存亡的那个最关键的时刻吗？

可他就在那时，在枣庄一带给劳苦大众点明了一盏心灯，深入敌后扒火车、搞机枪；可他就在那时，在枣庄沿线的铁路上，一步一步地践行着毛泽东论持久战的思想，在敌后艰难地扛起了中华民族的脊梁。

于是，那个列车上的煤油灯，从火车头照在干枯的芦苇荡里，从古运河道那条泪痕般的河床中，点亮了微山湖里的枪声。

那些儿女不顾鲜血抛洒在这片土地上，那些妇女和孩子不怕烧杀抢掠。在那个灯光下，向党旗举起了舍弃生命的拳头。

在领略这憨厚朴实的情怀里，我被枣庄的灯光染出的鲜血所惊叹，仿佛游击队的枪声从黑夜的铁道上划来，在一幕幕历史的剪影中，能听到微山湖的琴声。那琴声，幸福地徜徉在后人的脸上，根植在枣庄人民的心里，吐露着新时代的光芒。

# 找点时间去赏天

总想在忙碌繁杂的头绪中，抽点儿时光去登那里的山峦，看一抹蓝天白云，呼吸一下清新的空气，闻一闻脚下小草散发出的清香。

那里的山秋如色染，阳光暖和地照在地上，吐露一片如金色的光芒。

我行走在这样的土地上，思索着往日的时光，却被晴朗的天气打断思想，好想约上儿时的伙伴呵，他们又各奔东西，忙着生存，不知家乡的村庄已是一派光亮。

我思念着家乡好的日子，脱贫攻坚已经上榜。清淡的蔬菜，香喷喷的米饭，那块锅炕的馍馍，在嘴里嚼得满香。

这样的天气，这样的生活，这样的阳光，只有在党的领导下，才有如此的风光。

老百姓老了还有一点零花的钱，老百姓病了还有不同比例的医疗报销。你想这样的蓝天，在天底下哪儿去找？

找点儿时间去乡里走走，即使不登高山，也能领略一下生活中的阳光，那光很暖，那天如大海一样蔚蓝辽阔壮观。

在这样的土地上，抽出时间去乡间欣赏那一片片割完稻茬儿的田间，闻一闻汗珠留下的飘香。

# 走近陡坡塘

陡坡塘是黄果树里的第一个瀑布，离景区门口很近，坐上景区的客车几分钟就到陡坡塘瀑布的门口。

从门口进去，顺着右手边沿着石阶往里走，不到三四分钟就能听见密林边哗啦啦的流水声。慢慢地由石阶往里走，你会突然地发觉宽阔的大河，河水在不停地沿河道向下奔腾着，欢歌着，嬉闹着，遇石而冲，急流而闯，有的水挤掉在漩涡里，在那里打着卷儿，有的扑石而过，激起白白的浪花儿。

沿河水往上去十几分钟，就能瞅见像一堵雪墙般的流水，那水白白的，像喜马拉雅山上那堆圣洁的雪，又像晴朗的天空中那朵洁白的云。有时，心里陡然奇想，是布依族少女披着的婚纱吗？

走近前去，人群在看台上惊叫着，拥挤着，有的见水激流而下，兴奋地伸出双手摆个姿势，有的含蓄地抿着小嘴，露出舒展的笑容。

陡坡塘瀑布在黄果树瀑布上游一公里处，瀑顶宽一百零五米，高二十一米，是黄果树瀑布群中瀑顶最宽的瀑布。

站在瀑布旁，望着奔泻不息的河水，那飞溅的一滴滴，侧流的一丝丝，飘洒的一股股，把瀑布的美勾画在山川之中。

那水激荡，流在脚处，清亮的绿啊，像润心的宝石。我想掬一捧，带回家中，洒在甜甜的心上。我想揽一把，扑在脸上，洗净疲惫的面庞。

望着河中那潭绿绿的河水和那雪染的瀑布，即使汗水从衣衫浸来，酸累也随着那滚滚的河水泻尽在这急流的河中。

人生如瀑，舍得“泻”下。像瀑布里的水，后面的永远是急流，也永远在飞落的那一刹那激起一阵阵浪花儿。

那浪花，白白的。很洁，很纯，很美……

# 走近喀什

每当我翻开历史的画卷，品读张骞出使西域那个辉煌的磨难诗篇中的故事时，我总也忘不掉祖国西部边陲那个叫喀什的名字，那条古丝绸之路的要塞，那座桥梁中的枢纽。

喀什是个什么样子？我在冰封的雪天，看到它身上自带沉香的笑脸；也在风和日丽的夏天，品读它繁华的容颜。我从史书中领略过它的烂漫、它的余香、它的发展，也在那落日的余晖中，品读过它的孤独、它的相思、它在寒风中的坚强。

课本上，我阅读过它的历史，也曾被历史的诗卷感动得泪流满面；我从地图上寻找过它的名字，曾被它那西域的风情思绪得整夜失眠。

喀什是个什么样子呢？据史料记载，“喀什”系“喀什噶尔”的简称。“喀什”突厥语有“玉石”之意，“噶尔”在古伊朗语中有“石”或“山”的说法。据《西域同文志》讲：回语中称“喀什谓石色。噶尔，为砖房。其地富庶多砖房，故名”。从语言学方面考证来看，“喀什”认为是古和田塞语，意为“玉石之城”。

这个玉石之城，你可想象它是多么地璀璨夺目，多么地美丽富饶，多么地风情万种。

几次，好几次从梦中醒来，心跳地向往这个边疆的要塞，边疆的民族风情。那里是祖国的一方热土啊，也是民族兄弟在党的好政策的沐浴下，抱团融合的一个温暖的大家庭。

站上寒风的街头，细看着吾斯塘博依路的风光，那馕饼的敲打声，那烤包子的吆喝声，在这条民族的街上，尽显着西域的风采，民族的希望。

在街上，无论是喀什老城的庭院，还是大扎巴的集贸市场，尽显一种睦邻和悦的目光，在笑迎着一个个陌生的脚步，都在各自的忙碌中，寻找内心的喜悦。

我望着那个墙头，却闻到了古时的兴衰，古时的丽影，是远嫁楼兰那个姑娘的娘家吗？是香妃的琴声吗？那个传说、那个故事却在风雨的墙里，磨得只剩下一个向往的回忆。

我想从西域的泥土里，深摸着那颗心灵，也想从眼前的断墙中，寻找一行相思的眼泪。

顺着那个烤肉的摊位走去，伸手拿起那根柳枝的肉香往嘴里塞时，却听到一位美丽的姑娘甜甜的笑声在身后朗朗入耳。我回头望着她粉红色的花裙儿，那是香妃的后裔吗？是幸福的打扮吗？

那脸皙白如玉，红晕似桃。望着那件民族服饰，得体地在她身上俊俏有致，一种活力四射的张力散发在这座城市的街头，见证着一座城市的发展，一种明珠般的未来。

它像玉铺垫着城市的角落，又似灿烂的笑脸漫过家家户户的窗户，向甜蜜的生活中飞去，向幸福的路上扑来……

## 附　录：

# 我请读者来作序

《去个梦想的地方》即将出版了，那里的文章大多数是我出差途中利用空闲时间在手机上写的，有的是在飞机上，有的是在高铁上，还有的是在去乡下颠簸的路上，甚至饭前饭后休息的时间里也没放过那多情的指头，让它在狭小的手机屏上不停地忙碌、抒情，有的刊发在《新华每日电讯》《解放军报》《中国纪检监察报》《散文百家》，有的被作家网、中宣部“学习强国”平台转载……

那时，每思一物或每见一景，那些心灵感怀的东西，我总是在工作余暇的时间里把它从内心的情丝中记录下来，让它成为一种记忆，让它成为一种习惯，让它成为一种爱好。一位老首长见了对我说：“你的文章写得很好，把它整理出来吧，出个集子。”一位作家协会的朋友看了对我讲：“你的散文很有功夫，真的写得很好，你把它整理出来出版吧。”

于是，不知哪儿来的勇气一连整理了四本散文集。突然，在作序上我犹豫了起来，请谁呢？请谁来作序呢？思想半天，忽然眼睛一亮，何不请上亲爱的读者说上几句，让他们用美妙的语言激励我笔耕的勇气，让他们用心中的肺腑之语为我的写作之路建言献策。

于是，我真诚地邀请了他们，也真诚地谢谢他们，他们用美丽的心灵激励着我，鼓舞着我。

于是，读者的只言片语、饱满真情地在为我鼓劲儿加油着，他们的情，他们的爱，他们的厚望与祝福，都洋溢在那段真情的文字上，也融进我人生奋进的追求里。

你写的文章非常感人！非常用心！非常细腻！用的是真情真心，像读朱自清的散文一样，读了让人感觉很舒服！

——微信网友天行健

你的文章我几乎每篇都看，读你的散文一会儿让人沉思，一会儿让人感慨，一会儿让人落泪，一会儿让人欣喜……你的《那似海的情》写出了一个读者的心声，能让人产生共鸣，你的《我的悲痛化成雪》道出了人间真情和对生死的无奈，那篇《豇豆情》叙述了人世间在涉世之初时的艰难和对生活的向往，《南方有香山》写得文笔飘逸，《南京的雨》让人感慨万千，《爱上我吧》其实就是一个普普通通塑料袋上的广告标语，寥寥几笔写得既让人懂得生活品位，又让人追求事物的质感，《枫藤》就是我们日常所见的爬山虎，你却写得有血有肉，有情有义，《夕阳满屋》写出了家的温馨，《小河边》写出了人间生活的浪漫与美好……你的游记《壶口的虹》《窑湾夜话》《枣庄的灯光》《走近喀什》《小七孔的水》《天湖纳木措》《冬到沙漠看日出》等等，能让人放下笔头，打起背囊去远行；你的目物所思《把日子过好》《别把爱不当回事》《把心思放在正道上》等等，虽然文简篇短，但却让人静坐反思，对照自己。你的文章每篇虽然篇幅不长，但都写得真情饱满；你的文章虽然不是什么长篇大论，但每篇里都有可圈可点感染心灵的语言和句子，让人激动，让人爱看，让人喜欢，让人警醒，让人励志。总之，每个细小的东西，你都有那样的感怀，那样的一往情深。我总是想，你工作那么忙，还能坐下来静心写东西，难得，难得。

——武警出版社原社长高津滔

读王军的文章，就像把玩一颗颗晶莹剔透的珍珠，无论从哪个角度看上去，总是那么五彩斑斓，赏心悦目；它又是晨曦下一滴滴清澈明亮的露珠，总能折射出太阳的光辉来。一碗米粉，便能下笔成文，让读者从中感受着他乡的风情以及生活的乐趣；一座水库，落笔就是一道风景，从美文中能欣赏到一幅幅秀丽的山水画卷。童年的趣事，军营的记忆，家乡的银杏叶，家门口的那条小河……无不在作者笔下妙趣横生，有血有肉，读罢总有字字珠玑、行行妙语之感！揭示着生活的真谛，给读者提供良好的精神食粮。作者一篇《我的悲痛化成雪》，让我们感受到了一个中年汉子对老父亲辞世的不舍、撕心裂肺的痛，听见了一位铁血男儿的号啕大哭，看到了一位孝子在父亲的灵前长跪不起……寄托着作者对父亲深情的哀思，生动地诠释了中国传统孝道文化，让人潸然泪下，让我们懂得这就是有情有义，至情至性，深受教育。

——同乡友人左鹏飞

王军写的文章情真意切，感情细腻，非常感人，文脉富有想象力，内容丰富而不显啰唆，读来让人感觉身临其书，写得别有一番韵味。我虽读你书不多，但总感觉你早已有大作家风范！同学中的骄傲啊！我们想学也学不来的！

——大学同学毛水平

每次读王老师的作品都有身临其境的带入感，浓浓的生活气息扑面而来，像一幅清明上河图徐徐展开，各色人物栩栩如生，引人入胜。文笔洒脱流畅，娓娓道来，既有散文的浪漫优雅，又有现实生活中的情怀，读后余韵悠长，令人回味。我很喜欢王老师的作品。

——国家广电总局朋友周睿

你的文章总是能勾勒出一幅美丽的画面，引人入胜，让人陶醉。不仅如此，反复拜读，细细品鉴，还能促人思索，受益匪浅！

——新疆军转干部陈培培

写景、抒情细致入深，概括总结富于哲理，启发读者思考，追求真善美的人生真谛。而且还是高产作家，勤思敏学，笔耕不辍。

——北京退休干部龙在飞

读王老师的书是思想的驰骋，是会心的交流，是自我灵魂的感悟，很受启发，很感人，感恩伟大的党、伟大的祖国！

——上海民警夏小勇

王同学很勤奋，在工作繁重，出差的高铁、飞机上忙中偷闲写作，生活中的点滴总能激发他创作的热情，而他的文章总能从细微处入手，见微知著，写真感情，写真性情，以细腻笔法写出打动人心、感动你我的语句，写出生活的美，人性的美，传递正能量！

——高中同学汤兴

今天常委会有一个要求，大家要认真读读王军的文章，他的文章很感人，我看了几次落泪。平时大家学习学什么，身边人是个鲜活的教材，就是要学习身边人身边事，他的文章情感丰富，作风朴实，故事励志，思想纯洁，有一股艰苦朴素的品质，今天读读王军的文章。

—— 一位县委书记

你的文章写得很好，很感人，很受教育，平时就放在我的床头上，休息时躺下来读一读，几次掉下眼泪。孩子假期放假时，我对孩子说让他好好看看，好好学习，受受教育。

—— 一位将军

随笔写的文章，均有感而发，没有华丽的文字，通俗易懂。写物，让人脑海瞬间还原出事物的本质；写景，眼前浮现出一幅幅真实画面；写情，内心里的情感油然而生，引起读者共鸣。其对事物观察细致，感情真挚细腻，文章内容正直向上，久读不厌……

——北京读者无虑

一个细小的东西在你的笔下有了生命的活力，字句之间感受到美的享受，同时满满的正能量！

——河北正定法院法官怡景

你的文章内心丰富，感情细腻，让同时代的人感同身受。

——同乡同学微信昵称致橡树

文章本天成，妙手偶得之。八千里路的云与月都伴随着你生动的字迹，在我的骨子里流淌。

——中国医药报社记者

王军其人，明于大德，勤于操守，行于正道。他弘扬公正，通达人情，凡是与他接触过的人都能感受到他的谦虚与诚恳；他善于总结，勤于反思，将日常的所思、所想、所感、所悟融入文学创作中，以情感人、以理服人、以志激人。从山水田园到人生百态，从市井小民到军旅生活，他用文字描绘着一幅幅星辰诗画，他用文字浇灌着一朵朵心灵之花。他的作品深沉厚重、大气磅礴，有力诠释了当代军人高远的理想追求和深沉的家国情怀；他的作品平实朴素、真挚醇郁，每每读后都会产生强烈的情感共鸣，那是一种向善、向上的力量。

——北京科技大学经济学博士、艾劲（北京）科技发展有限公司总经理王玲玲

在这个崇尚高科技的时代，人们被桎梏在了程序的列车上，把思想掩藏，让物欲飞奔，因而有许多人感慨，为什么难写出好的文章、好的诗歌。有一经典名言，“生活不是缺少美，而是缺少发现美的眼睛”。读了王军的散文和诗句，我感受到了真情和哲思的潮涌。他给心情放假，把目光停留在了一片树叶、一滴雨珠、一段古城墙，以及家乡的山山水水。他珍爱那清清的雨、飘飞的风，酝酿了一杯又一杯滋润心灵的甘醇。王军是一

名职业军人，从军几十年，他深知自己的责任和使命。在他的散文诗里充满了正能量，歌颂了日益强大的祖国，践行着诗意的唯美和崇高。他不凡的视野、特殊的心路历程，我们感受到了诗者的博大胸襟和坚强，以及爱国爱民的忧思与追求真善美的理想都纳入到了散文里，感受到了一种完整的、深刻的、罕见的精神美。

——国防大学王恒

文章文笔清新，情感丰富，语言朴实，引人深思，平凡中显示出不凡的文学功底。

——中国科学院大学智新

每一篇文章都是作者人生路上的一个故事，每个故事都能够迅速抓住读者眼球，并吸引读者一直读下去。亲情部分让人潸然泪下，写出了骨肉相连的深情，相互理解的默契，牵肠挂肚的惦记，圣洁无私的呵护，充满了爱的温馨。友情部分让读者懂得什么是真诚，明白什么是感动，感悟什么是快乐，友谊乐趣无穷。乡情部分写出了游子对故乡的浓浓思念。关于爱情写得如此微妙而美好，军人的爱情路上是一个坚毅的历程，是那不放弃的执着，写出了军恋特有的真挚和浪漫，也有着独一无二的甜蜜。

——北京民警

月色朦胧，初冬里，一壶茶，一箪食，和衣而坐，耽美文佳趣，忘却长夜漫漫。尝闻陆机《文赋》云："石韫玉而山辉，水怀珠而川媚。"盖蕴其质者，必形诸文；慧于中者，必秀乎外。

吾观今世，身揣富足银两者众，驱车马于闹市者有之，居高堂华厦者也多，独能以文字描绘生活抒发情怀并结集成书者稀。看似平凡，实则独具，以数十年之阅历而诉之于笔耕，品先生之文，可见戎装铁甲之下，难掩柔骨情怀。一春一秋、一饮一馔，皆为先生采撷，沉香酝酿，而后脱颖芬芳；烟火清欢、风物琳琅，唯有慧眼能赏，文思泉涌，只叹纸短情长。无论是小处写意，亦或是大处泼墨，皆情思浓厚、感化人心，之于吾可谓是：于煎熬处得希望，于意满时知守心。手举繁星者、必有光亮，赠人玫瑰者、手有余香，愿与读者诸君得以佳作共赏。

——空军某部战士夏天

很奇妙，王军叔叔的文字，带有自传性质的那部分尤甚。它们特别容易让我在字里行间找到共鸣和相似性。细细品咂它对抗生活、敬畏生命的撕扯感之后，留有余味的却偏偏是更深刻的自我敞开。它带给我的最鲜活的意义在于找到了清晰的向往，也就是——更清楚自己现在是谁，想成为谁，以及怎样成为！

——山西省山阴县公务员安艳霞

你的文章犹如祖国大好河山，滋养心灵情感，处处流露爱的力量，时而让人落泪，时而捧腹大笑，细腻，真诚！时而精忠报国，势不可挡，犹如中华儿女，淳朴坚定，万众一心！

——西安读者黄萍

你的文章情感细腻，朴实无华，感人至深，读后会有共鸣！父亲那篇，看到几次落泪，真情实感，特别感人。

——北京房山区某村支记杨国华

兄长王军，军人，作家，近三十年戎马生涯熔铸了他的坚质浩气，同时又散发着儒雅气度。不张扬，不故作豪放，崇尚含蓄内敛之气韵。又是诗人，诗言其志，寄情而作，随物应生，朴实无华。江浪滔滔，世事繁杂。常寄言于朋友圈，犹如茶肆，方尺桌上系天下。江湖纷争，旧史典故也尽在闲话义愤中。东蹲西蹭半载，浪流各地数月。余无兄才，每每借其言当己出。仰慕兄台畅意抒怀，深得益智。以家为点，以微信为媒，只言家常生活之事。今计划整理出书，摆开八仙方桌，纳四方游散小憩闲坐。既恭迎贤人雅士，名流风骚客清谈，也不拘吾等袒胸露肚、挖鼻抠丫汉喧哗。敞纳天下众汇一席，自抒己见。留壁待墨，置盂盛痰，除苍蝇者，一概不拒。谨以此数句，致敬兄长。

——新县一中校友苏锡江

偶阅朋友圈时，见你的散文诗词，多是烟火缭绕的人间亲情和日常生活，每每品读，韵味十足，有含义，有寄托，融入了感情、思想、意志、生命，是非常真诚的、非常直接的一种兴发感动在作品中留下来了。

——北京读者萍

初识君之文章，是在一个微信群里看到的。因时隔三十多年，虽文后都有署作者名，但同名同姓很多，我并不知作者是何人，更不知作者在何地何处工作，但唯美的文字却吸引我不断地去阅读，去赏析：每一寸情，每一件琐事，每一朵花，每一处景色，每一段心灵情感……在君之心中都会涤荡出最纯真质朴的情，最善良的感动，如涓涓清泉在君之笔端流淌，唯美而清新，清澈澄明。如诗如画的文字，饱蘸了君之内心乐观、向上、坚韧、豁达、正气、向善的人生态度，以及对家乡、对朋友、对挚亲、对山川河流的深深热爱和眷恋。只有内心如玉温润，才能写出情感如此细腻饱满的，让人读之或流泪，或心旷神怡，或充满感激，或产生蓬勃热情的篇篇精美之文。

——新县古诗词爱好者汪颖

蒹葭苍苍，白露为霜。儒士王军，善为文章。美文清雅，韵味悠长。涓涓清流，滋肺润肠。匠心巧思，文采飞扬。冬读温暖，夏品清凉。语言洗炼，行文流畅。贵在真实，采风故乡。文短意丰，表现力强。少年趣事，跃然纸上。家乡景物，游子不忘。读君美文，疗我心伤。

——同乡友人左鹏飞赋诗一首

……

为此，我捧着读者真切的言语和心灵中的文字，思考着那字那句的情真意切，我像捧读圣书一样铭记心里，也在日后的生活中时常惦念着这些可尊为师的读者啊！不论何时，不论文字的长短，他们时常在我的微圈里点赞关注，送来表情和温情。为此，我常在莫名的夜晚静静地坐在一处感受着那份难得的世间情感，也爱在空余的时刻里思念着友人无处不在的关怀。

今以读者为序，也是一份尊重，一份爱意，一份情谊，愿我永远地记住他和她。

二〇二二年三月

# 后 记

在世事平淡无奇的日子里，我见往日心灵而约的那些文字、那些小文一篇篇编辑成册快要出版的时候，心里总觉得在书的最后面要说点儿什么，感觉不说出来似乎缺点儿什么似的，思来思去，说什么呢？

是善行，还是善待？是感激，还是感恩？

在众多的关爱中，我懂得了善行，也学会了善待；在无私的帮助中，我懂得了感激，也学会了感恩。在日出星没的日子里，有人在默默地关注着，也有人在暗暗地关心着，有人在为我摇旗奔走，也有人在为我守望相助……那每一份真情，每一点儿心意，每一次点滴的帮助，让我在人生的路上有了信心，有了希望，有了底气，有了一种不甘人后的精神。他们中有的是我的亲人，也有的是我的朋友，有和善的领导，也有相处的同事，有陌生的长辈，还有不知名的读者。

他们是智者，也是我的良师益友，更是我终身感激受益的朋友。他们在我求知的路上，像雾中的灯塔，也似雨后的太阳，让人看到了创作旅程的希望与光芒。

于是，在人生苦难的岁月里，在生活没有着落的雨天中，我常把他们的话语、他们的教诲，当作圣书一样捧在胸前，让我不失旅途，不迷方向，不怵未来。

我在渴望知识的途中，初涉世事，像一叶小舟在人生的大海里漂泊着，那里有风，也有雨，那里有苦，也有泪。我在寂寞的途中挺住，在艰险的十字路上学会了摸爬滚打，也学会了识人爱人，更懂得珍惜友情和相爱关爱的人，我认为每次的相遇，每次的相视，每次的不请之情，都是人生修来的福分，都是母爱育儿的一首不老的歌谣。

我常想，在好人的氛围中，我也学会了做些举手之劳的事，做些力所能及的事，做些解他人困境所迫的事。我感谢那些为我操劳的人，也感谢那些平时只要有事说一声就记在心里的人。他们是好人，也是心善之人。他们厚道，他们忠实，他们有责任，他们把友情间的事当作自己心中的事，他们把毫无怨言的付出当作真诚的担当。

为此，在出版这些心灵文字的时候，那个仁厚的编辑，那个建言献策的朋友，那个热情温心的兄弟，那个倾心关注的读者，他们辛勤的付出和不情之请，让人感动，让人心存感恩。

感谢他们用辛勤的汗水在为我的文字加工打磨，编辑成册；感谢他们用热心的心肠在为我日后的创作指点迷津，寄望我多出优秀的作品。

为此，感恩在心。“泪盈襟，礼月求天，愿君知我心”。为此，我双手合十，道声情深似海、恩重难移……

“未知天地恩何报，翻对江山思莫开。”愿我一心向善，一生图报，为国为家，为恩为情，为爱而生。

二〇二二年三月